서점은 내가 할게

〈책과아이들〉 25년의 기록

이화숙 묻다 **강정아** 답하다

여는 글

이화숙

<책과아이들>공동대표 강정아, 김영수은 어린이·청소년 전문서점으로 1997년 부산에 문을 열었습니다. 이곳은 서점 공간 외에도 책 사랑방, 워크숍룸, 갤러리, 멋진 마당까지 갖춘 마을의 문화사랑방입니다. 강정아 대표님은 운영이 쉽지 않은 현실 속에서도 20년 넘게 뚝심과 내공으로 서점을 지속해왔고, 서점의 공동대표인 김영수 선생님은 전국동네책방네트워크 출범 당시 초대 회장직을 맡기도 했습니다. <책과아이들>은 부산에서 동네책방들의 멘토 역할을 하며 대내외로 동네책방의 방향을 모색하는 데에 앞장서고 있습니다.

<책과아이들>에서 일본그림책 워크숍을 진행하며 제가 강정아 대표님을 가까이 지켜본 시간이 3년을 넘어가고 있습니다. 워크숍을 마치고 나서 공간을 정리정돈하며 선 채로 많은 이야기를 나눴습니다. 비록 가볍게 이어진 수다였지만 서점이 품은 정신과 활동의 저력을 강하게 느낄 수 있었습니다. 회를 거듭할수록 이렇게 귀한 이야기를 저만 듣고 지나가는 게 아깝다는 생각

이 들었습니다. 이곳의 활동을 제대로 소개하는 책을 만들어야 겠다는 마음을 자연스레 먹게 되었습니다. 출판을 위한 인터뷰를 조심스럽게 제안하자 강정아 대표님께서 흔쾌히 저의 마음을 받아주셨습니다.

<책과아이들>의 역사와 활동을 기록한 인터뷰집을 통해 많은 이들에게 사랑받고 있는 이 특별한 서점이 어떻게 시작되었고 성장했는지, 어디서 지속의 힘을 얻으며 지금은 어떤 꿈을 꾸고 있는지를 전해드리려 합니다. 마냥 책을 좋아하던 한 개인이 독서의 즐거움과 가치를 아이들뿐만 아니라 부모들과 함께 나누는 과정을 담고 싶었습니다. 그리고 서점이 단순히 책을 사고파는 곳을 넘어 책을 매개로 다양한 의제를 제시하고 소통과 실천의 장이 되는 모습을 <책과아이들>의 활동을 통해 보여드리려고 합니다. 이를 통해 많은 사람들이 동네책방의 존재 의미를 다시 생각해봤으면 하는 바람입니다.

사실 저는 출간 제안을 드릴 때 속으로 자책을 많이 했습니다. 마음을 먹고 실행에 옮기기까지 한참의 시간을 흘려보냈는데 그사이에 강정아 대표님이 4기 암의 고통과 싸우고 있다는 소식을 들

었기 때문입니다. 그럼에도 자신의 병을 차분히 마주하며 일상을 지켜나가는 강 대표님의 모습을 보며 저 역시 이 책을 만드는 일에 힘을 낼 수 있었습니다.

강정아 대표님이 암 선고를 받고 처음 떠올린 생각이 '어, 난 아직 읽을 책이 많이 남았는데.'였다고 합니다. 요즘은 소극장 만들 계획을 주변 사람들과 나누고, 그동안 <책과아이들>이 해왔던 여러 활동을 교육 프로그램으로 만들어서 보급하고, 또 어떤 재미난 일을 만들지 고민하며 지내고 계십니다.

'사심 없는 마음'을 지키기 위해 애쓰며, 이웃과 더불어 살아가고자 하는 <책과아이들>의 여정에 공감하고 함께하는 이들이 이 책을 통해 더 많아졌으면 합니다.

"서점은 내가 할게."

강정아 대표님의 이 말씀만은 꼭 생생한 목소리로 여러분께 가닿기를 바랍니다.

무심한 듯 담담하지만 아주 단단한 그 목소리로 말이죠.

목차

여는 글

3부 함께 읽는 독서 프로그램

4부 서점에서 만난 사람, 서점에서 만난 세상

1부

<책과아이들>은
어떻게 시작되었나

독박 육아에 지쳐
집 나가 찾아간 곳

부산에 동네책방이 의외로 많아요. 2019년 제가 《국제신문》에 '동네책방통
신'이라는 시리즈를 연재할 때 기준으로도 거의 30곳에 이르는 책방이 있었
어요. 최근에 생긴 곳이 많다 보니 문을 연 지 4, 5년만 돼도 중견 서점이라는
이야기를 듣기도 해요. 〈책과아이들〉은 1997년에 문을 열었으니 정말 대단
하다는 생각이 들어요. 책방의 역사가 궁금해지는데요.

97년에는 지금의 '동네책방'이라는 개념이 없었지요. 당시는 '어린
이 전문서점'으로 시작했어요. 마음먹고 바로 책방을 연 건 아니
고, 만들어지기까지 사연이 좀 있죠. 첫아이가 돌이 되기도 전이
었는데, 제가 집을 나가버린 적이 있어요. 남편은 대기업의 직원

이었고, 새벽에 출근해서 밤늦게 퇴근하는 생활을 반복하고 있었어요. 요즘 말로 '독박 육아'를 하던 시절이었죠. 어느 일요일 새벽, 아이랑 남편이 자고 있을 때 무작정 집을 나와버렸어요. 아이에게 시간 맞춰 감기약을 먹여야 하는 상황이었는데도요. 남편은 아이 약이나 이유식 같은 걸 챙겨본 적이 없는 사람이었는데도 말이죠.

그런데 나오니 막상 갈 곳이 없더라고요. 처음엔 고향인 부산에 가려고 했는데 수원역 앞에 서니 자존심이 상하더라고요. 시댁도, 친정도 이제는 내 집이 아니니까 그리로 가고 싶지는 않았어요. 영화라도 볼까 싶었지만, 조조 시간에 영화관에 들어갈 엄두가 나지 않더군요. 개인적인 트라우마도 있었고 여자 혼자 영화를 보는 일이 안전하지 않은 시절이었으니까요. 수원이 낯선 곳이었고 인터넷도 없던 때라 전업주부로서 느낀 고립감이 훨씬 심했던 것 같아요.

새벽에 집을 나왔는데 막상 갈 곳이 없어서 당황하셨겠어요.

그렇게 막막하던 차에 떠오른 곳이 도서관이었어요. 시립도서관에 들어가서 책을 보기 시작했죠. 30분의 독서로 가라앉지 않는 슬픔은 없다는 말이 있잖아요. 내가 이렇게 힘든 건 누구의 탓도 아니고, 나 자신을 위한 시간을 갖지 못해서구나 싶더라고요. 책을 보고 있으니 점점 화가 가라앉아 공중전화를 찾을 마음이 났어요. 남편에게 아이의 약과 밥을 어떻게 먹이는지만 설명하고 전화를 끊었어요. 어디 있는지는 말하지 않았지요. 그러고는 도서관에서 다시 책을 뒤적이기 시작했죠. 휴대폰이 없던 시절이었으니 전화가 다시 제 쪽으로 걸려올 일은 없었어요. 혼자만의 시간은 저녁까지 이어졌어요. 집을 나온 지 거의 12시간이 지나서야 모든 감정이 가라앉았고, 집으로 전화를 다시 하면서 일은 마무리되었어요. 남편이 아이를 데리고 도서관으로 마중 나왔고 그 이후 도서관은 가족과 함께 종종 찾는 곳이 되었죠.

상당히 긴장감이 넘치는 하루였을 것 같은데요. 도서관에서 어떤 책을 찾아보셨을지 궁금하네요.

이것저것 마구 읽었는데 자세히 기억나지는 않아요. 그래도 『재미있는 동화 읽기 어떻게 지도할까』, 『아이들에게 책을 골라줄 때』에서 도서목록 몇 개를 복사한 건 기억해요. '어린이도서연구회'1980년 5월 서울양서협동조합 어린이도서연구 분과를 중심으로 어린이책문화운동에 뜻을 둔 교사와 학부모가 설립한 단체로 어린이책을 연구하고 알리는 활동을 40년 넘게 지속하고 있다가 낸 80년대 활동 결과물이었는데 당시에는 그 연구회에 대해 알지 못했어요. 5, 6년 뒤 <책과아이들>을 열고, 입고한 도서를 정리하다가 "어, 이거 그때 그 책이잖아!" 싶어 반가웠어요. '어린이도서연구회 엮음'이라는 문구를 보고 '이거 운명이네.' 하며 잠시 우두커니 서 있었죠.

어린이 전문서점
<초방>을 만나다

책에 관심이 많다고 해서 모두가 책방을 여는 건 아니잖아요. 책방을 열어야

겠다고 결심하게 된 결정적인 계기가 있을까요?

1991년 첫아이가 태어났어요. 저도 육아는 처음 경험해봐서 깜

짝 놀랐죠. 아는 게 하나도 없는데 애가 뚝 하고 떨어졌으니까요.

찾아봐야 할 게 많았어요. 한편으론 아이랑 있으면 심심했어요.

할 수 있는 거라곤 온종일 집에서 먹이고, 씻기고, 둘이서 시간을

보내는 것밖에 없었으니까요. 단순한 일상이 반복되고 있었죠.

그러다 책을 같이 보면 시간이 잘 가겠다는 생각을 하게 되었

어요. '애들 책이 있어야겠네.' 하던 차에 전집 외판원인 옆집 아

줌마가 저희 집 문을 두드렸죠. 이런 일을 나만 겪은 게 아니더군요. 뭔가 우리 사회의 육아 공식처럼 프로그래밍 되어 있나 봐요. 그분 권유로 처음 구입한 것이 세계명작 다이제스트판이었어요. 왕초보 엄마는 선택권이 없어요. 무지하니까요. '헨젤과 그레텔' 같이 우리가 익히 아는 서양 작품을 아주 짤막하게 요약한 뒤 그림을 그려 넣어 시리즈로 만든 책이었어요. 나중에 알고 보니 세계명작이라지만 '헨젤과 그레텔'도 그저 서양의 옛이야기 중 하나더군요.

언뜻 봐선 그림도 잘 그렸다 싶고 색도 좋고 편집도 세련됐어요. 당시 제일 잘 나가는 출판사였을 테니까요. 그런데 막상 읽기 시작하니 '내가 이런 걸 왜 읽어줘야 하지?' 의문이 드는 내용이었어요. 다이제스트니까 서사가 없고, 그나마 있는 것도 영유아에게 읽어줄 만한 내용은 아니었던 거죠. 끼워주다시피 한 10권짜리 '○○ 생활동화' 시리즈가 차라리 나았는데 이것도 나중에 알고 보니 일본 작품을 그대로 베낀 거였어요. 지금은 단행본으로 제대로 나오는데, 아무튼 이거 참 문제구나 싶었어요.

이웃집에 놀러 가면 서가에 책이 쫙 꽂혀 있는데, 죄다 전집이에요. 세계명작 꼭 읽어야 됩니다, 전래동화 꼭 읽어야 됩니다,

과학동화 꼭 읽어야 됩니다, 이런 식으로 전집을 팔았어요. 나중에는 철학동화, 수학동화 같은 이름도 붙여 팔더군요. 들여다보면 내용이 만족스럽지 않았어요. 유명 작가들의 작품이 전집으로 묶여 단행본으로는 살 수 없는 일도 생기고요. 이런 일이 다른 나라에도 있을까요? 에릭 칼이 대표적인 사례예요. 그의 그림책은 색감이 좋아서 영유아 책으로 인기가 있었죠. 『아빠, 달님을 따 주세요』, 『배고픈 애벌레』 같은 책을 사려면 전집으로 묶인 다른 책까지 수십 권을 사야 했어요. 구성 중에 맘에 드는 책이 얼마 없어도 독자에게 선택의 자유는 없었죠. 왜 아이들 책은 한 권 한 권 작가나 출판사별로 골라 볼 수 없을까, 초보맘이었던 전 의아했어요.

저 역시 일본 그림책 모임을 할 때 어떤 책은 번역되어 나왔을 것 같은데 잘 찾을 수 없어 갸우뚱할 때가 있었어요. 나중에 보면 전집에 들어가 있더라고요. 세월이 지나 낱권으로 살 수 있는 책도 늘어났지만 여전히 묶여 있는 책들도 적지 않아 아쉬웠어요.

이후에 동화 읽는 어른 모임을 하면서 전집의 문제를 더 알게 됐어요. 낱장이 한 장 없다든지, 번역이 잘못되어 있는 경우까지 봤어요. 저작권은 지켰을지 궁금하네요. 당시는 저작권 개념도 지금 같지 않았거든요.

전집에서 실망한 이후로 읽을 만한 좋은 책은 어떻게 찾아내셨어요?

수원에서 제일 큰 서점으로 나갔어요. 그런데 영유아 코너에 책이 거의 없더군요. 그나마 웅진에서 나온 '올챙이 그림책' 전집을 낱권으로 파는 게 유일하다시피 했죠. 이상하다 싶어 집으로 돌아와 하이텔 단말기에 '어린이 전문서점'이란 말을 조합해서 검색해봤어요. 그런 공간이 있어야 하지 않나 하는 생각이 들었거든요. 그러다 집에서 2시간 30분은 걸려야 갈 수 있는 이화여대 근처의 <초방>1990년 문을 연 국내 최초 어린이 전문서점이란 책방을 알게됐어요. 전국에서 거의 유일한 곳이었죠. 집에서 지하철까지 택시 타고, 지하철에서 환승, 이대 지하철역에서 내려서 걷기는 멀어서 다시 택시를 탔어요. 지하철에서 몇몇 학생들이 못되게 굴더군요. 아이를 업고만 있는데도 걸리적거린다고 귀찮아했어요. 요즘 '맘충'이라는 말을 쓰면서 혐오를 드러내는 거랑 크게 다르지 않았죠. 자기들도 복잡한 대중교통에 지쳐 그랬겠죠. 젊어도 피곤할 수 있으니까 이해는 돼요. 그렇게 편치만은 않은 길을 아이 손잡고 한 달에 두 번 정도 부지런히 다녔어요. 몸은 고달팠지만 아이랑 대화는 많이 할 수 있었죠.

우여곡절 끝에 찾아간 〈초방〉, 거기서 어떤 책을 만나게 되었을까요?

〈초방〉에서 첫날 만난 책은 『누가 내 머리에 똥 쌌어?』였어요. 책을 보고 엄청 충격을 받았죠. '그렇지, 이게 그림책이지.' 싶더군요. 그림책이 뭔지 잘 모르는 때였는데도 그 책은 대번에 마음에 들었어요. 『눈사람 아저씨』도 좋았고, 지금은 『프레드릭』이라는 제목으로 나오고 있는 레오 리오니의 『잠잠이』까지 하루 만에 다 만난 거죠. '하! 이거다!' 하는 탄성이 절로 나왔어요. 그림책 이론 하나 모르는 저였지만 명작을 알아보겠더라고요. 아이들도 정확히 알아요. 훌륭한 예술작품은 누구나 알아보죠. 그 공간에서 그림책 작가팀이 『만희네 집』 작업 중이었고, 전시회도 하고 있었어요. 『만희네 집』, 『까막나라에서 온 삽사리』는 〈초방〉에서 기획해서 나온 대표적인 책이에요. 그림책 분야의 대가이신 권윤덕 선생님, 정승각 선생님도 당시엔 막 시작하는 단계였어요. 우리 그림책 세계가 태동하는 시기였던 거죠. 작가도, 저 같은 독자도 말이에요. 그 태동에 크게 힘을 실었던 분이 <초방> 대표 신경숙 선생님이었어요. 2020년 젊은 나이로 타계하셨다는 소식에 가슴이 매우 아팠어요. 부산으로 오고 나서는 다시 못 뵈었거든요. 작고하시고 안 사실인데, 저뿐만 아니라 그림책 세계로 입문하게 된 계기가 <초방> 신경숙 선생님과의 만남이었단 분이 많았어요.

제대로 된 어린이책들을 만나면서 이걸 내 아이에게만 보여줘서는 안 되겠다 싶었어요. 거기서 사온 책을 동네 아이들에게 읽어줘야겠다고 마음먹게 된 거죠. 그림책 공부하는 동아리에도 참여했어요. <초방> 모임을 함께했던 혜린 언니가 수원에 어린이서점 <꿈의 나라>를 열게 됐고, 그곳을 아지트 삼아 동화 읽는 어른 모임 '해님달님'을 만들었어요. 사실 그때 수원에 <초방> 같은 책방이 있었으면 해서 나도 책방을 해볼까 맘을 낸 순간이 있었어요. 그런데 언니가 한다니까 단박에 '난 행복한 이용자가 되어야지.'로 맘이 바뀌더라고요. 서점을 하고 싶었던 게 아니라 우리 동네에 서점이 필요했던 거였어요.

매주 거기서 모여 책 읽고 이야기 나눴죠. 해님달님 1기 회원들은 이렇게 좋은 걸 우리만 알면 안 된다는 계몽정신이 강했어요. (웃음) 강연회를 열고, 연극을 만들어 공연하고, 개척교회 지하 공간을 빌려 우리가 가진 도서를 전시하면서 2기, 3기를 모았죠. 대부분 서너 살짜리 아이들을 데리고 다니는 젊은 엄마들이 었는데, 지금 돌이켜 생각해보면 정말 기운이 넘쳤죠. 『도깨비를 빨아버린 우리 엄마』만큼이나요.

〈잠잠이 책사랑방〉 개소식 기념

아파트 거실에서 시작된
<잠잠이 책사랑방>

처음부터 바로 책방을 열어야겠다고 마음먹으셨던 건 아니었네요.

이즈음 이주영 선생님이 쓴 『어린이 책을 읽는 어른』을 읽고는 '책사랑방' 동네 사람들이 모여 이야기 나누던 옛 사랑방의 의미를 살려 동네 아이들이 책을 매개로 모일 수 있는 열린 공간을 만들자는 운동을 하고 싶어 병이 났죠. 해님달님 회원들과 의논한 뒤 제가 살던 아파트 거실에서 책사랑방을 시작했어요. 일주일에 한 번 이웃 아이들 오라고 해서 책을 읽어주기 시작한 거죠. '잠잠이' 캐릭터가 정말 마음에 들어서 제 별명으로 삼고 사랑방 이름도 <잠잠이 책사랑방>으로 지었어요. 서점을 알면 서점이 하고 싶고 책사랑방을 알면 책사랑방이 하고 싶고…… 참 순수했어요.

친구들 덕에 개소식을 거창하게 준비했어요. 해님달님에서 만들었던 노래극 <토끼와 거북이와 늑대>를 재공연하고, 동네 사람들을 부추겨 『잠잠이』로 융판 동화구연을 시도하기도 했죠. 『무지개 물고기』를 연극으로 준비하면서는 화려한 의상을 엄마들이 직접 바느질해서 아이들에게 입혔는데, 대단했죠. 각자 숨겨왔던 재능이 빛을 발하는 순간이었어요. 제가 그 무렵 '또하나의문화'에서 나온 책들을 보며 여성문제에 관심이 많았거든요. 그들의 넘치는 끼와 에너지를 보며 전업주부들의 능력을 어떻게 긍정적으로 살려나갈 것인가 고민이 되더라고요. 내가 뭐라고 그때나 지금이나. (웃음) 한 달 넘는 그 과정은 온동네 잔치였고 아파트 놀이터에서 벌인 개소식은 재미난 볼거리였어요. 할머니, 할아버지부터 동네 꼬맹이까지 신났던 그날 이후, 매주 한 번 우리 집 거실에서 책을 세 권 빌리고 이야기 듣는 시간을 가졌지요. 모든 건 무료였고 회원이 되려면 자기 책 세 권을 책사랑방에 두면 되었어요. 단행본이 귀하던 때라 전집 중에서도 완성도가 있는 것은 허용했어요. 책사랑방을 여는 날은 저녁밥도 준비 못 하고 남편이 퇴근하면 나가서 먹고 오자고 할 정도로 에너지를 소진했어요. 이 모든 게 어린이 서점에서 모은 단행본 그림책을 제 딸아이 혼자 보는 것이 아까워 무작정 시작한 일이었죠.

그러다 얼마 후 남편의 회사 사정으로 고향인 부산으로 내려오게 되었어요. 가족과 친구들이 있는 곳으로 가는 건 좋았지만 해님달님과 헤어지는 것, 아직 제대로 자리를 잡지 못한 <잠잠이 책사랑방>을 넘겨주고 오는 일은 정말 힘들었어요. 그래도 그 일을 이어서 맡아준 이웃이 있었답니다. 옛이야기 들려주기 등 그때 제가 신이 나서 시작했던 프로그램 대부분을 지금도 <책과아이들>에서 지속하고 있어요. 물론 전집을 유통하는 일은 하지 않고요. 전집에 대한 문제의식이 책방을 열게 된 근본적인 이유니까요.

'잠잠이' 캐릭터가 왜 그렇게 마음에 드셨을까요? 지금도 서점에서 아이들이 선생님을 '잠잠이'라고 부르잖아요. 들려주실 사연이 있을 것 같은데요.

'잠잠이'에 대해 이야기하려면 해님달님의 첫 연극이었던 <토끼와 거북이와 늑대>를 먼저 설명해야겠네요. 이야기가 무엇을 다루고 있는지, 그 속에서 우리가 무엇을 읽어내야 하는지가 중요하잖아요. '토끼와 거북이' 이야긴 지나치게 도식적이라는 문제가 있죠. 거기서 더 나아가 공정하지 못한 경쟁이란 것과 왜 경쟁해야 하는 지에 대해 생각해볼 수 있어요. 교과서에까지 수록된 이야기를 '비판적 읽기' 한 거죠. 좀 모자란 얘기도 이렇게 이용하면 나름 의 쓸모가 있어요. (웃음)

이런 시각에서 <토끼와 거북이와 늑대>라는 작품이 나왔지 요. 이 이야기에서는 늑대를 슬쩍 등장시켜요. 늑대가 나타나면 토끼와 거북이가 경쟁할 상황만은 아니게 되어버리죠. 또 다른 적이 있는 걸 모르고 우리끼리 싸우는 상황을 작품을 통해서 비 판했어요. 또 토끼와 거북이가 달리기하는 장소도 산과 강으로 설정했어요. 그래야 공평하죠. 이렇듯 책은 문제의식을 갖고 비 판적으로 읽는 일이 중요해요.

잠잠이 이야기도 마찬가지예요. 제가 처음 『잠잠이』를 읽은 무렵만 해도 『개미와 베짱이』에서 개미를 정답으로 받아들이는 사람들이 많았어요. 그 이야기는 노동과 게으름을 흑백논리로만 바라보게 하지요. 비판적 사고를 하지 않으면 '그게 답이야.' 하며 세뇌되기 쉽고요. 그런데 『잠잠이』에서는 주인공 잠잠이가 노는 것 같아 보여도 자기만의 일을 하고 있다고 말해요. 친구들이 추운 겨울을 위해 먹을거리를 모아둘 때 잠잠이는 햇빛과 색깔과 말을 모아두었다가 겨울날 무료한 친구들에게 나누어주지요. 모두 같은 일을 할 필요는 없지요. 저는 마지막 장면을 특히 좋아해요. 친구들이 "넌 시인이구나." 하니까 잠잠이 얼굴이 빨개지면서 "나도 알아." 하는 장면 말이에요. 제 방에도 오랫동안 그 장면이 담긴 그림을 붙여두었어요.

첫아이를 키우고 있을 때, '과연 내가 나 자신을 아나?' 싶은 순간들이 있었어요. 자아정체감이 부족하다고 느낄 때가 잦았지요. 그런 줄 몰랐는데 첫 육아를 하며 경험했어요. 그래서 잠잠이가 "나도 알아." 하는 장면에서 눈물이 툭 떨어지더군요. 그 힘을 나도 갖고 싶고 우리 아이에게도 키워주고 싶었어요.

저는 어릴 적 그런 분위기 속에서 자라지 못했던 것 같아요. 흑백논리로 점철된 왜곡된 교육 때문에 내 삶 곳곳이 망가졌다는 생각을 자주 했어요. 그걸 대학 가서야 깨닫고 생각이 전복되곤 했죠. 누구나 비슷한 과정을 겪겠지만 충격이 너무 크지 않으면 좋겠더라고요. 특히 우리 아이는 저처럼 진실 앞에서 너무 많이 휘청이지 않았으면 했어요. 그건 아이를 어리게만 보지 않고 한 인간으로서 진실하게 대할 때 가능하다고 생각했어요. 우리는 그런 대접을 받지 못한 세대거든요. 거짓으로 오염된 시절이 우리의 어린 시절이었으니 어찌 그 영향에서 벗어날 수 있겠어요. 제 또래 중에는 우울증, 조현병 등을 앓는 이가 많아요. 전 이런 현상이 우리 사회의 불의와 깊은 관계가 있다고 보거든요. 개인이 건강하고 행복하려면 그를 둘러싼 사회가 진실 앞에서 투명해야 해요.

이런 생각을 유지하기 위해서 같은 방향을 바라보는 사람들과 모여 지내고 싶었어요. 제가 책방에서 불리는 별명을 '잠잠이'로 지은 것도 그런 의미와 닿아 있지요.

시댁 어른 몰래
문을 연 <책과아이들>

수원에서 <잠잠이 책사랑방>을 하다가 부산으로 이사 오고 나서 본격적으로

서점 준비에 들어가신 거죠? 처음엔 양정에서 서점을 열었다고 들었는데 그

때 이야기를 들려주세요. 책방 역사를 듣다 보면 초창기 이야기가 제일 흥미

롭더라고요. 우여곡절도 많지만 순도 높은 시간이었을 것 같아요.

1997년, 제가 살던 아파트 상가인 양정 현대프라자에 공간을 마

련했어요. 큰 아이는 일곱 살, 둘째는 두 살이었어요. 아이들이

아직 어리니까 집에서 쉽게 왔다 갔다 할 수 있는 공간을 얻은 거

죠. 시댁 어른들은 제가 일하는 걸 반대하셔서 몰래 준비했어요.

그 후로도 지지해주신 건 아니어서 아이들을 맡길 수 있는 형편

은 아니었어요. 그래서 더 악착같이 할 수 있었던 거 같아요. 돌이켜보니 여성으로서 제가 처한 상황에 맞서는 느낌으로 한 것도 같고요.

그해 12월은 굉장히 추웠는데, 인테리어가 얼추 끝나서 책을 꽂는 날이었어요. 책방에 아직 난방이 안 되어 집에 아이 둘을 재워놓고, 우리 부부만 살짝 나와서 일을 했죠. 그런데 새벽 1시쯤에 휴대폰으로 전화가 왔어요. 남편 회사에서 지급해준 벽돌만 한 휴대폰이 있었거든요. 깜짝 놀라서 '누구지?' 하고 보니까 애들 고모였어요. '고모가 이 시간에 왜?' 하며 전화를 받으니 "너희들 미쳤나, 애들 놔두고." 하면서 역정을 내시더군요. 아이 둘이 자다 깨서 엄마를 찾다가 큰 애가 전화번호를 뒤져 범일동에 사는 고모집으로 전화를 한 거였어요. 친할머니한테는 서점하는 걸 비밀로 하기로 한 걸 알았는지 고모를 찾았던 거예요. 상가 밖으로 뛰어나갔더니 시누이 내외가 그 시간에 트럭을 몰고 와 두 아이를 안고 계셨어요. 서점을 시작한다는 게 그렇게 들통이 나버렸죠.

식구들이 지지를 안 해서, 그렇게 어렵게 시작했다는 게 요즘 상식으로는 이해가 잘 안 가죠? 제가 맏며느리거든요. 맏며느리는 시어머니가 본인 계획 속에 좀 더 포함시키나 봐요. "난 처음부터 일하는 며느리 안 얻었다." 하는 말씀을 들은 적이 있어요. 첫째가 며느리로서의 의무라고 말씀하신 거죠. 그래서 그 후로 제 개인사는 의논드리지 않았어요. 친정 부모님도 박수 쳐주지 않을 업종이었으니 한편으론 이해해요.

정말 뜻밖의 이야기네요. 현재 부산 지역에서 〈책과아이들〉은 커다란 나무 같은 느낌이거든요.

지금 서점은 마당도 있고 여러 층으로 운영하고 있지만, 그땐 겨우 12평짜리 공간 하나가 다였어요. 행사를 기획하면서 모집이 안될까 봐 걱정하기보다는 오히려 좁아서 문제였죠. 어린이책 관련 행사가 도서관에서조차 잘 열리지 않던 시절이었어요. 마땅히 강연을 들을 곳도 없었고, 행사 기획을 하는 서점도 없었죠. 그랬으니 행사를 열면 좁디좁은 공간이 사람들로 북적이곤 했어요. 아이 모임이고, 어른 모임이고 열자마자 곧장 찜통이 되는 상황이었죠. 좁은 공간에서 땀을 삐질삐질 흘리면서 모임과 행사를 했던 시절이라 사진 찍을 여유도 없었어요. 그때 그 시절 사진이 몇 장 안 남아 있어서 아쉬워요.

　우리 옛이야기 다시 쓰기와 되살리기에 힘쓰셨던 『우리가 정말 알아야 할 우리 옛이야기 백가지』 저자 서정오 선생님을 모셨을 때의 사진이라든지, 지금처럼 세계적으로 유명해지기 전이었는데도 공간이 꽉 찼던 『마당을 나온 암탉』의 황선미 선생님 행사 때 사진이 그나마 남아 있어요.

　서점 내부가 어떠했을지 궁금해지네요. 좁은 공간이지만 알차게 꾸미셨을 것 같아요.

서가부터 저희가 직접 디자인했어요. 최대한 책을 많이 비치하려고 사방을 책꽂이로 둘렀죠. 또 신발을 벗고 들어와 바닥뿐 아니라 서가에도 걸터앉을 수 있게 했죠. 12평 공간에 방이 달랑 하나여서, 서가마다 맨 아래 칸엔 문을 달아서 수납할 수 있게 만들었어요. 조그만 카운터와 싱크대 외에 나머지는 전부 서가였죠. 그때 디자인한 책꽂이가 효율적이어서 지금도 쓰고 있어요. 목재상에서 나무 공부하며 좋은 목재를 구해 만든 덕에 25년이 된 지금도 전혀 휨이 없지요.

책방 이름을 따님인 기영 씨가 지었다고요.

네, 맞아요. <책과아이들>이라는 이름을 당시 일곱 살이었던 딸이 지었어요. 처음엔 '이야기숲' 같은 이름으로 지으려고 했는데, 아이들에게는 추상적이잖아요. 이래저래 고민하고 있으니 기영이가 옆에서 "책과 아이들이구만." 하더군요. 그 이름을 듣는 순간 딱이다 싶었어요. 저도 책방 회원들도 그 뒤에 아이가 줄줄이 생겼는데, 책방 이름에 '아이들'이 들어가서 그렇다고 웃곤 했지요.

이름 지은 기영이가 책임도 다했죠. 동생 세 명을 다 돌봤어요. 저녁밥도 맨날 해놓고. 어릴 적 기영이 일기장을 보면 구구절절 동생들 뚱 치운 이야기들이 담겨 있어요. 왜 꼭 엄마가 오기 직전에 뚱을 싸냐며. (웃음) 이 시대의 몽실 언니였어요. 책방 시작할 당시 기영이가 초등학교 1학년이었는데 학교도 혼자 다니고 자기 일을 알아서 했어요.

회원 소식지 발송하러 우체국까지 왔다 갔다 하면 한 시간 넘게 걸리곤 했거든요. 그동안 기영이가 책방을 혼자 지키기도 했지요. 기영이가 재밌게 본 책을 직접 소개하면 손님들이 잘 사더라고요. 둘째 아이부터는 그런 걸 잘 못 하더군요. 아마 누나가 하니까 다른 아이들은 할 필요성을 못 느낀 거 같아요. 지금 생각하면 제가 간이 컸어요. 그 어린것을 혼자 있게 하고 동생도 부탁하고, 나중엔 장구 배운다고 팔도를 돌아다녀도 내버려두고…….

간이 커서 덜컥 책방도 했겠죠? 부산에 내려와 동화 읽는 어른 부산 모임인 '얼레와 연'을 함께 만들고 활동하는데, 제일 아쉬운 것이 부산에 어린이 전문서점이 없다는 거였어요. 신평에 살 땐 동아대 근처 <향학서점>이라도 갔지요. 그러다 양정으로 이사 가게 되니 아이 둘 데리고 모임하랴 서점 다니랴 더 복잡해지겠더라고요. 게다가 회원들 모임 장소가 없어 집집이 돌아야 하고, 책 구하기도 번거롭고.

그러다 덜컥 "서점은 내가 할게." 한 거죠. 양정으로 이사하면서 상가도 동시에 얻었고요. 남편이 내내 전설처럼 얘기해요. 이 사람은 내가 일본 장기 출장 간 사이에 이사도 하고 서점도 열었다고. 이만하면 간이 큰 건가요? 그래도 열어놓고는 심장이 콩닥콩닥 뛰더라고요. 그래서 출근 전에 심호흡하며 맨손체조도 했어요. 그럼 진정이 되더라고요.

첫 번째 서점(양정)에서의 행사 모습

서점 위치에 대한 고민
: 양정에서 교대 앞으로

서점을 연 지 얼마 지나지 않아 서점 위치에 대한 고민이 많으셨다고요.

양정 지하철역에서 책방까지 꽤 멀었어요. 어린이 전문서점이 하나밖에 없을 때라 관심 있는 이들이 부산 지역 곳곳에서 왔어요. 아이들이 역에서부터 걸어오느라 헉헉거리기도 하고, 아기를 업거나 걸려서 와야 하는 엄마들도 지쳐서 나가떨어질 수밖에 없었죠. 엄마들이 서점 들어올 때부터 지쳐 있으니 민망했어요. 전집 사지 말라고 해도 책방 다니기가 힘들어 결국 사게 되는 게 엄마들 현실이에요. 아이를 키워보면 그 점은 이해가 되지요. 편하게 오가기에 양정 서점은 위치가 안 좋았어요. 책방 자리 알아볼 때는 주차장이 좋으니까 괜찮겠지 싶었는데, 제가 차를 몰던 입장이어서 실수한 거였어요. 당시만 해도 차를 몰고 다니는 엄마들이 적었는데 대중교통 이용하는 경우를 생각하지 못한 거예요. 요즘 같으면 문제가 안 되겠죠. 아이가 있는 집은 대부분 차로 움직이고 오히려 주차장이 부족한 게 문제거든요.

　　좋은 책을 골라서 잘 선보이는 일만큼이나 서점 위치를 정하는 것도 참 중요한 일인 것 같아요.

애초에 큰 아파트 단지를 끼고 있어 동네 사람들이 이용할 거라 생각했어요. 그런데 동네 주민들 중에 단골로 오시는 분들은 몇 명 안 됐죠. 거리는 멀어도 관심 있는 분이 찾아왔어요. 지금도 마찬가지예요. 자기 동네에 있는 책방을 이용하는 사람들이 얼마나 될까요? 채 0.1퍼센트가 안 될지도 몰라요. 그렇다면 부산 각지에서 오는 분들을 좀 더 고려해야겠다는 생각이 들었어요. 무리를 해서라도 책방을 옮기자 싶어 알아보기 시작했죠.

　　처음엔 친정 엄마가 사는 해운대 신시가지 쪽을 생각했어요. 엄마가 책방에서 옛날이야기를 들려주고 있었고, 우리 아이들을 간혹 맡길 수도 있을 것 같았고요. 그런데 해운대는 상가 부동산 거품이 너무 심했어요. 주택을 얻어서 서점을 해도 되겠다는 생각을 자연스레 하게 됐어요. 주택에서 공동육아를 했던 경험도 있었고요. 그러던 차에 제가 일곱 살 때부터 결혼할 때까지 살던 동네인 교대 앞에 적당한 점포를 얻게 되어 이사를 결정했지요. 뜻대로 마땅한 주택은 못 구했지만요.

그 뒤에 한 차례 더 옮겨 지금의 서점이 된 거죠? 책을 좋아하든 아니든 마당이 넓어서 아이들에게 더없이 좋은 환경인 것 같아요.

앞서 말했듯이 아이를 키우는 주부에게 서점의 접근성이 무엇보다 중요하다고 생각하고 교대 앞으로 옮긴 건데, 데려와도 막상 아이들은 책방에 관심 없는 경우가 많아요. 찡찡거리는 모습들을 보니까 마당이라도 있으면 아이들이 들락날락할 건데 싶었어요. 양정의 첫 서점에 있을 때도 그 생각을 많이 했죠. 공간이 좁아서 아이들한테 불편하구나, 그러다 책에 대한 이미지까지 안 좋아질 수도 있겠다는 생각이요. 아이들이 책에 좋은 이미지를 품고 평생 책을 보는 사람이 되었으면 하는 바람으로 작품성 있는 책을 보여주려 책방을 열었는데, 서점 좋아하는 엄마한테 이끌려 왔다가 도리어 질려버리면 안 될 것 같더라고요. 그래서 나무와 꽃이 있어 숨 쉴 마당이 있으면 참 좋겠다고 생각했지요. 두 번째 책방에서는 나름 손바닥만 한 뒷마당을 꾸며 화분이라도 두었는데 금방 창고가 되고 쓰레기 모으는 데가 되었지요. 공간이 절대적으로 부족해지기 시작했으니까요. 그래도 늘 주문처럼 외웠더니 2009년 어느 날, 제가 생각했던 대로 넓은 마당이 있는 공간이 마법처럼 찾아오더군요. 지금 <책과아이들>이 자리한 바로 이곳이에요. 우리 책방은 그렇게 때마침 이루어지는 일이 많았어요. 늘 감사하죠.

두 번째 서점(교대 앞)

두 번째 서점(교대 앞)의 1층과 복층

두 번째 서점(교대 앞) 2층 책사랑방 행사

지금의 〈책과아이들〉 서점 모습

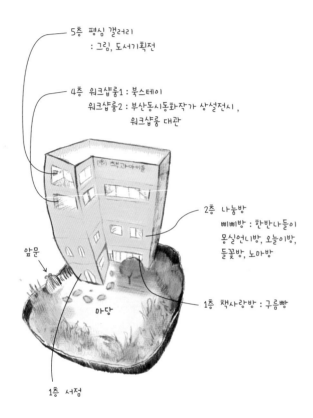

5층 평심 갤러리
: 그림, 도서기획전

4층 워크샵룸1 : 북스테이
워크샵룸2 : 부산동시동화작가 상설전시,
워크샵룸 대관

2층 나눔방
삐삐방 : 한반나들이
몽실언니방, 오늘이방,
들꽃방, 노마방

앞문

마당

1층 책사랑방 : 구름빵

1층 서점

막내딸 예영이가 그린 〈책과아이들〉

마당

1층 책사랑방(구름빵)

1층 서점

2층 나눔방

4층 워크숍룸 1(북스테이)

4층 워크숍룸 2

5층 평심 갤러리

회원의 날과
만남잔치

책방 초창기에는 회원의 날이 있었다고 들었는데 어떻게 시작하게 되셨어요?

막상 책방을 열었지만 책을 사서 보는 사람이 생각보다 정말 적었어요. 일단 책이 재미있다는 걸 알아야 책도 사겠구나 싶어서 <잠잠이 책사랑방>에서처럼 회원의 날을 정하고 책을 읽어주기 시작했죠. 처음엔 연령 구분 없이 책을 읽어줬는데, 회원의 날인 금요일마다 12평짜리 책방이 미어터졌어요. 책도 좀 팔렸죠. 나중에는 좀 더 확장해서 영아, 5~6세, 초등 이렇게 연령을 나누고 매주 대상을 바꿔가며 책을 읽어줬어요. 그래서 회원의 날을 한 달에 세 번 열었지요.

그런데 언제부터인가 사람들이 오지 않기 시작했어요. 왜 그런지 사정을 살펴보니 학원에 다니는 아이들이 많았어요. 회원의 날 시작이 5시였는데, 그때까지도 아이들이 학원에 가 있더라고요. 점점 줄어서 한둘밖에 안 오니까 횟수를 줄여나가다가 결국 없앨 수밖에 없었죠. 그래도 15년간은 회원의 날을 이어갔지요.

2013년부터는 회원의 날 대신 1년에 한 번 만남잔치를 크게 열기로 했어요. 서점에서 주도하는 행사 대신에 회원들과 함께 준비해 노는 축제를 하기로 한 거죠. 주기적인 축제는 우리의 성장을 확인하는 일이잖아요.

만남잔치 중에 특별히 기억에 남는 일이 있나요?

5월은 권정생 선생님이 우리 곁을 떠나신 달이에요. 그래서 2014년 5월에 '권정생 선생님을 부르다, 만나다'라는 주제로 만남잔치를 열었어요. 권정생 선생님의 책들을 현관 쪽에 잘 보이게 두었고 1층에서 5층 평심 갤러리까지 <책과아이들> 모든 공간을 권정생 선생님에 관한 내용으로 채웠어요. 대표작 『몽실 언니』의 아트 포스터와 선생님이 살던 조탑리 작은 집을 그린 김미자 선생님 그림, 『어머니 사시는 그 나라에는』에 수록된 정승각 작가의 판화, 백창우 선생님 노래 <너무 많이 슬프지 않았으면>이 평심 공간을 가득 메웠지요. 아이들의 글과 그림도 함께 했어요.

모두가 함께 할 만남잔치까지 각자 책을 읽고 친구와 이야기 나누고 글도 썼어요. 그림을 그리고 시화도 만들고, 몽실 언니 라디오극을 만들기도 했고요. 중3은 단편 「두꺼비」로 애니메이션 작업을 하겠다는 큰 뜻을 품어 고생고생했어요. 그림책 밴드 '달 사람'은 <길 아저씨 손 아저씨>를 작곡했고 청소년 오케스트라와 가야금을 배우는 아이들은 선생님의 시를 연주했죠. 기타를 치고 하모니카, 피아노 반주를 곁들여 여러 타악기까지 두들겨댔어요. 그림책 모임을 하는 어른들은 빛그림을 준비했고, 노래와 장구를 판소리처럼 간간이 곁들인 옛이야기 판으로 <팥죽 할머니>도 선보였어요. 큰 아이들은 평전을 읽고 다큐를 보면서 직접적으로 선생님의 삶을 알아가기도 했죠.

행사를 위해 공연을 짠 게 아니라 권정생 선생님의 삶과 문학을 알아가는 시간을 충분히 가진 다음 그 결과물을 차곡차곡 모아서 자연스럽게 만남잔치에 펼쳐놓았어요. 귀를 쫑긋 기울이는 권정생 선생님 모습이 스크린에 나오는데 순간 선생님이 여기

<책과아이들>에 함께 있는 것만 같았어요. 이렇게 많은 이웃이 모여 권정생 선생님을 만나려 하고 노래하는데 안 오실 리가 없지, 감사한 마음이 치밀어 오르며 눈물이 주르륵 흘러내렸어요.

만남잔치 날에는 〈책과아이들〉 곳곳에서 다양한 행사가 펼쳐진다.

기억의 장,
소식지

〈책과아이들〉에서 다양한 프로그램을 운영하고 있잖아요. 이런 활동들을
회원들에게 전달하는 일도 중요할 것 같은데요.

네, 그래서 98년부터 소식지를 만들었어요. 〈책과아이들〉에 한
번 왔던 사람들에게 이어서 연락할 방법이 없는 거예요. 회원 가
입한 사람들과 계속 뭔가 주고받아야 관계가 지속되겠더라고요.
책이라는 게 전단을 나눠줘서 팔 수 있는 그런 물건이 아니잖아
요. 우리 생각을 전해줄 매체가 필요했어요. 너무 무리하지 않는
선에서 시작해야겠다고 하니까 친한 친구가 그랬어요. 그거 얼
마나 힘든지 아냐며, 계속하지 못할 것 같으면 아예 시작도 하지

말라는 거예요. 그 말이 공감되면서도 굉장히 차갑게 들렸죠. 그런데 오히려 오기가 나서 힘들 때마다 그 말을 되새기며 힘을 더 냈던 것 같아요.

처음에는 딱 4페이지만 만들다가 점점 실어야 하는 내용이 늘어나 그 후로 꽤 오랫동안 8페이지로 발행했어요. 양이 많을 때는 16페이지로 늘리기도 하고 유연하게 운영했어요.

처음에는 소통의 도구로 시작했는데 나중에는 소식지가 그다음 달 계획을 정리해주더라고요. 소식지에 실을 내용을 미리 준비해야 하니까요. 그렇게 꾸준히 내다 보니 우리가 뭘 했는지 확인할 수 있는 좋은 기록이 되었어요. 소식지를 내지 않았으면 여기저기 메모들이 흩어져서 해온 일을 새까맣게 잊어버렸을지도 몰라요.

한 달에 한 번 소식지를 만들고 우편으로 부치는 데 품이 무척 많이 들었지만 2018년 1월까지 20년간 210호를 냈어요. 많이 만들 때는 2천 부 정도 만들었죠. 1천 부는 우편 발송, 나머지 1천 부는 서점에 오는 분들에게 나눠드렸어요. 서점에 오는 손님들이 그 정도에 미치지는 못했지만 한 반 나들이로 책방을 찾은 어린이 손님들이 많이 가져갔죠. 한 번에 30명 정도 왔는데 책방 방문 기념으로 집으로 가져가서 전해주면 소식지를 보고 부모님이 아이들 손을 잡고 다시 책방을 방문하곤 했어요. 홍보 효과가 컸죠.

20년간 매월 소식지를 발송하셨다니 놀랍네요. 최근에 매월 발행하는 이메일 매거진 팀에 합류했는데 발송하고 돌아서면 또 다음 호 작업이 기다리고 있더라고요.

한 부 한 부 접어 보내면서 회원들 이름을 쓰다듬게 되더라고요. 1,000부를 접으려면 정말 보통 일이 아닌데 그러면서 알게 모르게 이름을 익히게 되는 거예요. 정성을 다하는 일이었고 내 마음의 기도 같기도 했죠. '우린 이런 단순 작업 좋아하잖아.' 하면서 일부러 흥을 내며 했어요.

소식지에 대한 반응은 어땠나요?

소식지를 인쇄해주던 신성인쇄 부부가 책방 이사했을 때 꽃다발을 들고 오신 거예요. 우리는 따로 연락을 안 드렸거든요. 어찌 알고 오셨냐니까 소식지를 읽는데 그걸 어떻게 몰라요, 하시더군요. 20년간 인쇄 의뢰한 소식지를 모두 읽으셨더라고요. 고마운 분들이에요. 요즘도 행사 전단이 따로 필요할 때면 인쇄물들을 맡기곤 해요.

무엇보다 소식지를 아이들이 아주 좋아했어요. 감동적인 글이 나오면 소식지에도 싣는데 자기 글이 실리면 일기장에 붙여놓았다고 자랑하는 아이도 있었고요.

지금은 소식지를 안 내잖아요. 아쉬운 점은 없나요?

어느 때부터인가 사람들이 소식지를 덜 보게 되었던 것 같아요. 일도 많아져서 자연스럽게 소식지를 멈추게 되었어요. 그리고 다른 곳보다 많이 늦기는 했지만 SNS를 시작했죠. 제가 스마트폰도 늦게 했고, 여기 오는 분들도 저와 비슷한 부류라 종이 소식지가 익숙했지만 그럼에도 불구하고 거스를 수 없는 변화를 받아들였죠.

SNS는 소통하기에 편리한 점도 있지만 기록하고 정리하는 쓰임은 부족하더라고요. 페이스북에 기록을 했더니 찾아보기가 힘들어서 카페에도 항상 기록했는데 활성화하지는 못했어요. 너무 정리할 게 많아서 포기한 면도 있고요.

소식지를 만들 때는 저도 계속 글을 썼고 선생님들 글도 종종 실었죠. 소식지 덕분에 어느 정도 분량이 있고 정돈된 글을 꾸준히 쓸 수 있었는데 SNS에 올리는 글은 짧고 휘발성이 강하니까 그건 좀 아쉽죠.

요즘은 '아카이브'에 대한 관심이 뜨거운 것 같아요. 예전에는 오랜 시간 운영한 공간들은 백서를 발행하는 곳이 많았죠. 그런데 처음부터 방향을 잡고 자료를 쌓아온 곳이 아닐 경우 만들기도 쉽지 않고 막상 백서가 발간되어도 그다지 쓰임이 없게 되는 경우도 많더라고요. 〈책과아이들〉처럼 여러 사람이 일하는 공간은 처음부터 매뉴얼을 잘 만들어서 자료들을 쌓아가야 단절 없이 역사가 이어지겠죠.

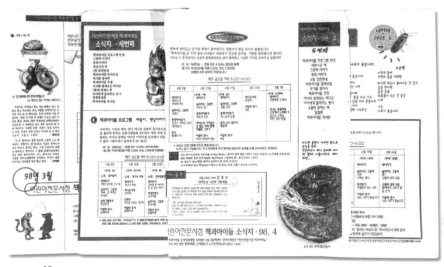

『마당을 나온 암탉』과
양계장 속 김 대표

현재 〈책과아이들〉은 부부가 같이 운영하고 있잖아요. 어떻게 두 분이 함께

하게 되었나요?

앞서 이야기한 것처럼 결혼하고 고향에서 떨어져 수원에서 아이
만 키우며 살던 세월이 있었어요. 동화 읽는 어른 모임 활동을 하
긴 했지만, 시간이 많았죠. 늘 바쁘게 살다가 시간이 많아진 그 7
년이 지금 돌아봐도 나쁘진 않았네요. 보고 싶은 책 보고, 보고
싶은 영화 보며 내 속의 힘을 키웠던 시간이었어요. 제가 사람들
과 잘 어울려 다니는 편은 아니거든요. 하루 종일 말할 사람이 없
어 남편이 퇴근하고 집으로 돌아오면 얘기를 쏟아냈죠.

김 대표는 화장실에 혼자 앉아 있는 시간이 길어요. 그럴 때 저는 문 앞에 앉아 책의 좋은 구절을 읽어줬어요. 다행히 남편은 잘 듣는 사람이어서 귀찮아하지 않고 들어줬어요. 졸면서도 하지 말란 소린 안 하더군요. 그래서 자연스럽게 세뇌가 되어 (웃음) 차차 이 일을 같이 할 수 있었던 것 아닐까요?

김 대표가 회사 다닐 때 가져다준 월급을 한동안 서점에 썼어요. 처음 서점을 시작했던 그해에 IMF가 터졌죠. 게다가 셋째가 생겼어요. 첫째, 둘째는 잘 생기지 않아 병원에 다니며 겨우 가졌는데, 일을 시작하니 셋째는 저절로 생기더라고요. 넷째도 마찬가지였고요. 출산하는 동안 책방을 맡을 직원 월급을 김 대표의 월급으로 해결했어요.

그 무렵 많은 회사가 합병되고 무너졌어요. 명예퇴직도 많았고요. 그후 『마당을 나온 암탉』이 출간되었어요. 초등학교 3학년인 딸도 재밌다고 하고, 60대 초반인 친정엄마도 재밌다고 했어요. 남편과 저도 무척 좋았고요. 남녀노소가 다 재밌다고 느끼는 이야기였죠. '대단하다, 어린이 문학계에 이런 작품이!' 싶어 뿌듯했어요. 서점 초기였는데, 이후에도 그 책만큼 잘 된 경우가 드문 게 현실이에요. 참 훌륭한 작품이라고 생각하며 남편에게 문득 "당신은 어디에 살아?"라고 물었더니 "양계장." 하고 서슴없이 답하더군요. 깜짝 놀랐어요. 저는 '마당'에서 타협하고 사는 수준인 것도 다소 부끄럽던 차였는데, 남편이 '양계장'에서 산다고 느끼는 줄은 몰랐어요. 양계장에 사는 거면 당장 때려치워야지, 하고 서슴없이 말했어요. 그렇게 해서 김 대표도 회사를 그만두고 책방을 함께하게 된 거죠.

격동의 시절이었어요. 남편은 기계 전공인데 소속 부서가 전자부품 사업으로 방향이 전환된 거죠. 또 다른 지역으로 가야 할 형편이었어요. 그런 문제로 고민하던 중에 『마당을 나온 암탉』을 만난 거죠. 그게 전환점이 됐어요.

그런 사연이 있었네요. 서점 대표님이라서 그런가요, 삶의 결정적 장면에 필요한 책이 딱 등장했네요.

거기 계속 있었다면 어떻게 됐을지 떠올려 보면 잘한 결정이었다고 김 대표도 말해요. 퇴사하고는 아이들과 여행도 다니고, 책도 많이 읽어줄 수 있었어요. 자신의 유년기를 되찾기도 했고요. 그 사람은 어린 시절을 까먹고 있었거든요. 힘든 기억만 남아 있고,

좋았던 기억은 거의 사라지고 없는 상태였어요. 힘든 기억이 억누르고 있었던 건지 어릴 적 얘기를 별로 안 했어요.

어느 날 김 대표가 윤기현 선생님의『보리타작 하는 날』을 읽다가 갑자기 보리 냄새가 난다고 했어요. 그 후로 어린 시절 얘기를 하기 시작했죠. 저는 나름대로 어릴 때부터 어떻게 살아왔는지 서사를 가지고 있었어요. 누구나 자기 삶에 대해 이야기를 가지고 있다고 생각했는데, 김 대표는 서사가 구성되지 않는 사람이었어요. 그랬던 사람이 책을 읽으며 보리 냄새가 난다고 하더니, 어릴 때 놀던 얘기도 한 번씩 하는 거예요. 기억에 가장 오래 남는 감각이 후각이라는 이야기를 들은 적이 있는데, 그 기억을 꺼내어 준 동화가 정말 대단하다고 생각했어요. 보리 냄새를 모르는 저는 남편이 자랑스럽기까지 했죠. (웃음)

요즘은 청소년 책읽기 모임에서 숙제로 읽는 책 덕분에 청소년기를 되찾는 것 같다고 말해요. 책을 읽으면서 지난 삶을 발견하니 책방을 함께하길 정말 잘한 거죠? 기억이야말로 나의 정체성이라는데 자신의 정체를 알아갈 수 있는 환경에서 지내고 있으니 말이에요.

2부

어린이 문학정신과
<책과아이들>

어린이 문학정신과
사회적 책임

〈책과아이들〉을 20년 넘게 운영하고 계시잖아요. 오랜 세월을 버티게 해준
특별한 뭔가가 있을 것 같아요. 〈책과아이들〉의 정신이라고 하면 너무 거창
한 표현일까요?

처음부터 대단한 운영 철학이 있었던 건 아니고 한 발 한 발 나아
가면서 길을 찾아가고 있어요. 초창기 책방 표어로 삼은 말은 '어린
이에게 좋은 책을, 어린이에게 기쁨을'이었어요. 제가 만든 건 아니
고 어린이도서연구회에서 쓰던 거죠. 좋은 책을 봤을 때 아이들이
느끼는 재미와 감동이 바로 '기쁨'인 거죠. 아이들에게 기쁨을 줄 수
있는 좋은 책을 골라주자는 데서 시작된 말이었어요.

교대 쪽으로 이사를 온 뒤에는 '서점 나들이'란 표현을 쓰기 시작했어요. 두 번째 서점이 지하철에서 교대 방향 출구로 나와서 애광교회 바로 옆 건물에 있었는데 '가족과 함께 하는 서점 나들이는 어린이의 독서의욕을 불러일으킵니다.'라는 문구를 1층 창문에 붙였어요. 서점 나들이라는 게 주기적인 활동, 말하자면 습관을 붙이는 활동이라는 걸 강조했죠. 2003년에는 같은 건물 2층을 인수해 책 읽어주는 공간인 책사랑방을 좀 더 넓게 마련하면서 이렇게 써 붙였어요. '<책과아이들>은 어린이 문학을 즐기는 곳입니다.' 책 읽기는 학습이 아니고 즐기는 행위라는 거죠. 모두 독서 의욕을 불러일으키자는 취지로 만든 말이었죠. 그때만 해도 독서 진흥에 좀 더 초점을 두지 않았나 싶네요.

지금은 '어린이 문학을 즐기고 어린이 문학정신을 지키고자 하는 마을 서점입니다.'라는 문구를 쓰고 있어요.

어린이 문학정신이라. 정확한 뜻을 잘 모르더라도 들었을 때 가슴이 시원하게 열리는 느낌인데요.

이오덕 선생님에 대한 전시를 준비하며 어린이 문학정신에 관해 다시 생각할 기회가 생겼어요. 선생님이 '동심'에 대해 이야기한 게 있어요. 동심이라고 하면 일반적으로 써온 단어잖아요. 말 그대로 아이들 마음이지요. 그런데 '우리 서점은 동심을 지키는 서점입니다.' 하면 상투적인 표현이 되어버리는 거예요. 제가 말하려는 게 충분히 드러나지 않는 것 같았어요. 그래서 동심 대신 좀 더 포괄적으로 '어린이 문학정신'이란 말을 떠올리게 되었어요. 어린이 문학이 추구하는 것 중 하나가 동심이겠지요.

이오덕 선생님께서 동심을 '사심 없는 마음'이라고 잘 정의하셨어요. 사심이 없다는 게 뭐냐? 사심은 물욕과 명예욕 같은 것을 말한다고 해요. 물론 아이들에게도 물욕 같은 게 보여요. 그래도 어른들이 가지고 있는 물욕이나 권력욕, 명예욕 같은 것과는 다르지요. 말하자면 나를 내세우는 욕심이 사심이죠. 서점 일을 할 때도 사심이 들어가면 안 돼요. 가만히 돌이켜보니 그동안 그래왔던 것 같네요. 사심 없이 일했기 때문에 일이 이뤄지고 하늘이 저를 도왔다는 생각이 들어요. '이번에도 하늘이 나를 도왔구나.' 싶은 순간들이 많았어요. 정말 누군가 돕지 않았으면 이렇게 못 해나갔을 겁니다. 제가 타고나길 사심이 좀 없는 편인 거 같아요. (웃음) 자랑인가? 그보단 좀 덜 자란 탓일 거예요. 어쨌든 어린이 문학정신이 뭐냐고 물어보면 동심을 들어 설명해요. 이오덕 읽기 모임을 되풀이하면서 비로소 이 문장을 붙잡게 된 거죠. 그렇게 해서 <책과아이들>은 '어린이 문학을 즐기고 어린이 문학정신을 지키고자 하는 마을 서점입니다.'라는 표어가 탄생했어요. '지킵니다'가 아니라 '지키고자 합니다'라고 말하는 이유는 노력한다는 뜻이에요. 사심은 항상 일어나게 마련이니까요.

네, 살아가면서 사심을 버린다는 건 쉬운 일이 아닌 것 같아요. 나이가 들어갈수록 더 그렇고요.

<책과아이들> 부모 모임에 나오는 분들이 한결같이 하던 말이 있어요. '모임 끝나고 서점 문을 열고 나가면, 이웃 아줌마를 조심해라.' 책방에선 책 속에 있는 가치를 나누며 공감하는데 이곳을 나서면 다른 부모들 이야기도 듣게 되고 결국 교육 철학이 흔들린다고 했어요. 책으로 나눴던 이야기와 다르게 살게 되니까 몰랐을 때보다 더 힘들다는 거예요. 갈팡질팡하면서 아이를 학원에 보냈다 말았다 하고, 아이들이 대학 갈 때가 되면 자신뿐만 아니라 서로를 배반하는 느낌을 갖게 되는 거죠.

늘 함께 읽어온 책, 권정생 선생님과 이오덕 선생님 책, 글쓰기 연구회와 어린이도서연구회에서 펴낸 책 등등, 결국은 모두 같은 얘기를 하고 있어요. 제 표현 방식으론 바로 어린이 문학정신이죠. 그런데 사회로 나가면 헷갈리는 거예요. 그런 모습을 보고 있으면 '아, 내가 더 중심을 잡아야겠다.'라고 생각하게 돼요. 어쭙잖지만 제 탓을 하게 되더라고요. 여기서 모임을 연 게 저니까요.

책방 규모가 커지면서 사회적 책임을 더 많이 느꼈어요. 계몽주의를 무척 싫어하는데도 말이죠. 어떻게 보면 저는 무척 운이 좋았죠. 필요에 따라 이사했을 뿐인데 땅값이 올라준 덕분에 어느 정도의 자산을 유지한 채 서점을 운영하게 된 셈이니까요. 그건 저의 실력이라기보다는 복인 거죠. 그래서 거기에 대한 부채감을 느껴요. '이 행운의 이유는?' 이런 소리가 들려오는 것 같았죠. 사실 이 질문은 권정생 선생님이 저에게 늘 던지고 계세요. 선생님의 많은 책에서 말이죠.

뭔가 위로가 되는 말이네요. 투자도 실력이라고 말하는 시대잖아요. 전 그런 말을 들을 때마다 거부감이 컸거든요.

74

이곳으로 이사 왔을 때 《부산일보》에 대문짝만하게 나기도 했어요. 마당 있는 서점을 하는 꿈을 이뤘다고요. 근데 저는 그걸 꼭 꿈이라고 생각하진 않았거든요. 일생일대의 꿈을 이뤘으니 그다음에 할 일이 없는 그런 것이 아니에요. 꿈을 이뤘다고 다뤄지니 부끄러웠어요. 『모모』에선 꿈을 이루는 것이 가장 불행한 거라고 하잖아요. 꿈은 꿈을 생산해야 건강하다고 생각해요. 『모모』속 등장인물인 기기처럼 꿈이 끝이 되어버리면 안 되죠. 그동안 여러 프로그램을 진행하다 보니 점점 공간이 부족해서 책방을 좀 더 넓게 꾸렸던 것뿐이에요. 무엇보다 어린이 회원들이 청소년이 되어가고 출판계에서도 청소년 책이 많이 나오는데 그걸 수용할 공간이 부족했거든요. 지어놓고 보니 공간 구경이 책 구경보다 앞서 '어, 이건 아닌데.' 싶기도 했어요. 공간이 남으니 어딘가 제가 부족한 것도 같고, 그래서인지 집을 보고 있으면 창피하다는 느낌마저 들었어요. 그래서 나에게 찾아온 공간 규모에 걸맞게 공적인 책임 같은 걸 좀 더 져야 한다는 생각을 하게 되었어요. 사적 이익과 공적 이익 사이에서 중용의 길을 찾아야겠구나, 하는 큰 뜻을 큰 집을 보면서 품었죠. (웃음) 어느덧 지천명, 저도 50이더라고요.

어린이 문학을
'그림책 교실'에 담다

그림책 교실은 아이들뿐 아니라 부모들의 호응도 높다고 들었어요. 어떻게 시작하게 되셨나요?

저는 옛날이야기, 시, 어린이책(창작동화, 그림책)을 어린이 문학의 3요소라고 생각해요. 그림책 교실에 이 3요소를 고루 넣어서 운영하고 있어요. 앞서 말했듯이 회원의 날을 열어 책 읽어주기를 무료로 진행했었죠. 그러다 책방 운영 문제도 있고 좀 더 체계적인 독서교육을 하고 싶어 유료 프로그램을 만든 게 그림책 교실이에요. 오히려 참석률이 높아 교육 효과도 높더군요.

그림책 교실에선 연령별·계절별로 적절한 그림책을 보여주는 걸 중요하게 생각해요. 자장가, 전래동요, 놀이, 옛이야기를 넣고 부모 교육도 마련했어요. 그림책 교실에는 주 양육을 책임지는 사람도 들어와서 같이 참여해요. 아이만 책방에 들여보내고 가는 건 허용하지 않아요. 아이가 그림책 내용을 이야기할 때 부모가 알아들어야 한다고 생각하거든요. 자녀와 그림책 이야기를 나누는 게 진정한 독후활동인 거죠. 그림책을 자녀와 같이 봤던 부모가 책도 잘 고르게 돼요. 아이들은 책이 재미있으면 그걸로 충분하고요.

부모 중에서도 그림책이 재미있어 죽겠다는 사람들이 있어요. 8세부터는 아이들하고만 그림책 교실을 하는데 자기도 계속 들으면 안 되냐고 묻는 부모도 있었지요. 아이들을 독서 모임에 데려다주고 마칠 때까지 기다려야 하니까 유아 그림책 교실에 쓰윽 들어와서는 "아, 재밌겠다." 이러는 거예요. 들어와서 들으라고 하면 머쓱해 하다가도 교실 한쪽에 자리를 잡아요. 3세부터 7세까지 아이와 매주 그림책 이야기를 듣고 가던 시절이 정말 즐거웠던 거죠. 첫째에 이어 둘째와 함께하며 들었던 얘기를 또 듣는 부모도 많아요.

프로그램이 실제로 어떻게 진행되는지 궁금한데요.

<책과아이들> 그림책 교실은 오롯하게 책을 감상하고 소개하는 시간이에요. 특별한 독후활동이나 교육 대신 많이 보고 안목을 키우는 방향으로 이끌지요. 특히 3세부터 7세까지는 책 이야기를 듣고 그림과 음악을 감상하게 해요. 진행자가 질문을 한다든지 다른 활동을 하지 않고 그림책을 오롯이 예술로 즐기는 데 방점을 찍어요.

그걸 꾸준히 했을 때 아이들의 심미안뿐 아니라 집중력과 듣기 능력도 높아지는 걸 발견하게 돼요. 그러려고 계획하지도, 작정하지도 않았는데 말이죠. 예의까지 갖춰나가는 걸 보고 많이 놀랐어요. 학교 가서 40분 수업 듣는 건 아무것도 아니게 돼요. 그림책 교실에선 이야기의 힘으로 7세 아이도 한 시간 내내 들을 수 있거든요. 영유아기 몇 년간 꾸준히 듣는 일은 그 어떤 교육보다도 무서운 힘을 발휘해요. 저력을 키워줘요. 그게 그림책을 들려줄 때 얻는 힘입니다.

아이가 책을 안 본다는 이야기를 비롯해 생활 속 여러 가지 문제를 엄마들이 호소해요. 그럴 때도 우리는 아주 쉽게 접근해요. 그냥 그림책 읽어주라고 하지요. 물론 책을 잘 골라야 해요.

그림책을 잘못 고르면 아이들이 집중을 못하거든요. 독서교육의 시작은 책 고르기예요.

20여 년간 커리큘럼에 크게 변화를 주지 않고 이어왔지만 다른 곳에서 단발성으로 하는 프로그램하고는 달라요. 일회성 이벤트가 아니라 생활로 스며들게 하는 거니까요. 어릴 때일수록 규칙적으로 반복해서 몸에 익히는 게 중요하다는 의미로 책방 '나들이'라는 표현을 쓰거든요. 그림책 교실 올 때도 지각해서 서두르지 말고 엄마랑 아이랑 대화하면서 대중교통으로 천천히 오면 더 좋다고 해요. 그렇게 매주 정기적으로 오면서 계절의 변화를 느껴보라고 하지요. 이때 서점 마당의 풀들이 한몫합니다. (웃음) 그림책 한 권 놓쳤다고 호들갑 떨 것 없고 4~5년 과정 동안 결석 몇 번 하는 것도 문제될 거 없죠. 너무 스트레스 받지 말고 꾸준히 하는 게 중요해요.

경쟁 교육을 하지 않고 대안 교육에 관심 있는 엄마들과는 이야기가 잘 통해요. 그런 사람들이 좀 길게 남는 것 같아요. 부모도 그런 성향이기 때문에 같이 즐길 수 있는 거죠. 꾸준하게만 한다면 어떤 아이에게나 효과가 엄청나요. 이렇게 쉬운 교육이 없는데 싶지요. 그런데 사실 쉬운 게 아니에요. 꾸준하게 한다는 게 정말 어려운 일이거든요.

　대상에 맞게 책을 고르고 책에 어울리는 프로그램을 진행하는 데 꽤 많은 품
　이 들 것 같은데요.

다른 프로그램들은 늘 새로 구상하는 편인데, 그림책 교실은 반복하는 요소가 많아요. 기본 뼈대를 세워놓고 새 책이 나오면 약간씩 바꾸는 정도로만 했지 전체를 확 뒤집지는 않았어요. 그동안 축적해온 콘텐츠를 가지고 상황에 맞게 조합해서 쓰면 되니까 운영이 수월한 편이에요.

　예를 들어 고등학교 1학년 남자아이들을 대상으로 수업할 때는 요즘 아이들이 너무 외길로 가는 교육을 받으니까 좀 엉뚱하고 이상한 이야기를 집어넣어 보는 거예요. 세 명의 프랑스 남자 이야기로 짜는 거죠. 쌍둥이 빌딩에서 외줄타기 하는 남자 이야기 하나, 돌을 모아 꿈의 궁전을 만든 사람 이야기 하나, 그리고 평생 헌책을 수선하는 를리외르 아저씨 이야기까지. 이렇게 구성하면 고등학생들한테도 부족하지 않은 이야기가 되죠. 쌍둥이 빌딩에서 외줄타기 하는 남자의 이야기는 영화 <하늘을 걷는 남

자>로도 나왔어요. 주인공을 인터뷰한 자료들이 있는데 짧은 영상으로 편집해 보여주기도 했고요. 이렇게 그림책 교실 커리큘럼으로 가지고 있는 것들을 뽑고 조합하면 연령대별로 누구에게나 응용이 가능하죠.

그림책 교실

〈책과아이들〉 상담실

좋은 그림책이란 무엇인가요?

교대 앞에 서점을 열고 다시 이런 질문을 하는 분을 많이 만납니다. "좋은 책이 뭐예요?"하는 질문도요. 아마 저희 서점에 좋은 어린이책이 많더라는 이웃의 소개를 받고 와서 보니 자기 눈엔 특별히 달라 보이지 않아서 하는 질문일 수도 있고 책 한 권을 들고 어떻게 봐야 할지 몰라 하는 질문이기도 합니다. 왜 이 책이 좋단 말인가 의아해하는 경우도 많거든요.

저도 늘 책이란 나에게 무엇인가, 아이에겐? 그리고 뭐가 좋은 건가를 끊임없이 생각해봅니다. 이 질문을 받고 오래전 봤던 자료가 생각나 다시 뒤져보았습니다. '안데르센상 심사 기준으로 본 좋은 어린이책'이란 글인데 1996년 어린이도서연구회 회보(55호, 56호)에 있는 내용입니다. 자료가 있으신 분은 직접 읽어보는 편이 요약된 글보다 좋겠지요. 서점에도 복사해 놓았습니다.

안데르센상은 비영리 국제기구인 국제아동청소년도서협의회(IBBY)에서 그해 아동문학에 가장 큰 기여를 한 작가와 화가를 선정하여 줍니다. 심사위원 후보는 회원국 각 나라 대표로 한 명씩 추천하는데 몇 가지 언어를 구사할 수 있는 아동문학 관련 전문인이어야 하며 글과 그림 모두에 일가견이 있어야 하고, 6개월에 걸친 심사 기간 동안 가능한 모든 시간을 심사 작업에 바칠 만한 어린이책에 대한 열의가 있어야 합니다. 전체 심사위원은 언어, 연령, 직업, 성에 있어 편중되지 않게 구성된다고 합니다. 이 글에서는 각 심사위원의 견해를 읽어볼 만한데 개별의 구분 없이 정리해봅니다.

1) 어린이가 좋아해야 할 뿐 아니라 어른의 마음도 끌 수 있어야 한다. 성인 문학은 어른 독자에게만 읽힐 수 있지만 어린이 문학은 어른 아이 모두에게 즐거움을 주고 사랑 받을 수 있다. 그래서 어린이 문학은 성인 문학보다 훨씬 폭이 넓다.

2) 미적 가치는 작가의 어떤 교육적 도덕적 목적보다 앞선다. 예술 작품이란 그 자체가 감수성, 발견, 기억을 확장시켜주는 도구 그 자체로서 이미 뛰어난 선생님이다.

3) 글의 내용에서나 형식에서 이미 알고 있는 것의 반복이 아닌 무엇인가 새로운 면이 있어 놀라움, 신선함, 아직 아무도 안 해본 것이 있는 독창성이 중요하다.

4) 주인공은 우리의 생활에 있음직해야 하며 합리적이어야 하고 독자의 관심을 끌고 지속시켜줄 수 있어야 한다.

5) 내용은 설교적이어서도 안 되고 어떠한 편견을 조장하는 내용이어서도 안 되며 독자로 하여금 자신과 다른 것을 존중하고 이해하도록 이끌어줄 수 있어야 한다.

6) 작품이 표현하고 고취시키고 있는 방향은 평화, 이해, 정의, 자유, 인종과 문화 간의 차이가 주는 풍요로움의 가치, 다양성, 사랑에의 욕구, 우정에의 욕구, 진실함 등이어야 한다.

7) 우리의 감정을 사로잡아야 하며 우리 자신을 들여다보게 해주는 것이어서 정말로 잊혀지지 않을 무엇인가를 이야기해야 한다.

8) 작가의 고국의 사회적, 문화적인 면이 어린이와 관련해서 그 작품 속에 진지하게 반영돼 있어야 하고 그 나라의 문화에 비추어 볼 때 그 작품은 그 나라 어린이 문학 발전에 크든 작든 어떤 면에서든지 기여를 하는 것이어야 한다.

9) 그림에서 특별히 고려되어야 하는 것은 글과의 관계, 창의성, 그림에 반영된 문화와 환경의 모습, 어린 시절의 영상이다.

10) 화가가 그 시대에서 가능한 그래픽적 요소와 미술 기법을 충분히 활용하여 자신의 스타일을 얼마나 창의적으로 개발했나가 중요, 인쇄의 질로 평가해서는 안 된다.

11) 작품 속에서 감동과 마술을 기대한다. 감동과 마술이 작품 속에서 일어났을 때 우리는 그것을 알아챌 수 있다.

12) 그 나라의 문화를 있는 그대로 성실하게 감동적으로 보여주어야 하며 우선적으로 그 나라 어린이를 위해 창작된 것이어야 한다. 그 나라의 문화에 깊이 뿌리를 내리고 있으면서도 그것을 초월할 수 있을 때 그 작가는 진정한 의미에서 국제적이다. 어린이 문학의 중요성에 대한 인식을 고취시키는 데 기여하고 있느냐도 중요하다.

14) 중요한 것은 상상력의 질이다. 작품 속의 상상력은 독자들의 상상력을 고취시킬 힘을 갖고 있어야 한다.

15) 인간에 대한 건전하고 긍정적인 이미지를 심어주어야 한다. 현대 사회의 문제의식을 꿰뚫어 보는 통찰력과 탁월한 예술성과 함께 인간사회의 생동감, 온전함, 가능성, 희망을 보여주어야 한다.

이상의 것들은 규격화된 심사 기준이 아니라 심사위원 개개의 생각들이며 이들은 계속 토론을 통해 의견을 조정해 갑니다. 우리는 모든 것을 제쳐두고도 그들이 어린이 문학을 대하는 진지함을 배울 만합니다.

삶을
가꾸는 시

〈책과아이들〉은 행사나 모임을 할 때 시를 자주 읽는 편이더라고요. 소식지에
도 꾸준히 시가 실리는 게 인상적이었어요.

시가 어린이 문학에서 중요하니까 행사 때마다 빠뜨리지 않는 편
이에요. 백창우 선생님이 노래로 많이 만들어 놓아 단체 행사마
다 시 읽고 노래 부르는 프로그램을 자주 마련했어요. 독서 모임
할 때도 시작을 항상 시로 열었어요. 연령과 계절에 맞는 시를 골
라 외우거나 공책에 베껴 써 모았지요. 매주 시를 읽으니까 익숙
해지고 비슷하게 쓰게도 되더라고요. 보통 시를 읽어주고 감상
한 다음 아이들에게 느낌을 적게 하는데 그걸 시로 쓰는 아이들

도 있었어요. 그 시를 소식지에 싣기도 했고요.

2013년 이오덕 선생님 10주기를 맞아 <어린이 시에 붙인 노래로 꾸민 별난 노래잔치 – 이오덕 동요제>가 개최됐어요. 이오덕 선생님은 글짓기보다는 자연스럽게 나오는 글쓰기, 시가 저절로 나오게 이끄는 교육을 하신 분이에요. 글짓기라는 건 글을 '지어내도록' 하는 거라고, 글이라는 건 삶을 잘 가꾸면 그냥 써지는 거라고 하셨죠. 삶을 가꾸기 위한 글쓰기인 거지 글 쓰는 재주를 키우는 게 아니라는 거죠. 그런 정신을 기리는 동요제였어요. 아이들이 제출한 시를 뽑아서 작곡가들이 노래로 만들어줬죠. 백창우 선생님을 비롯해서 여러 작곡가들이 참여했어요. 우리 서점에서도 몇 편 보냈더니 그중 두 편은 노래로 만들고 나머지는 전시를 해줬어요.

1, 2학년들은 시를 아주 쉽게 쓰더군요. 자기 생활 속에서 나오는 이야기들로 말이에요. 한번은 할머니, 할아버지에 대한 동화를 들려주고 시를 쓰게 한 적이 있어요. 한 아이의 시가 기억에 남아요. 할머니 집에 갔다가 차를 타고 집에 돌아올 때 뒤돌아보니 할머니가 점만 해질 때까지 자기를 쳐다보고 있다는 내용이었어요. 아주 짧은 시인데 이오덕 동요제에 뽑혀서 서울 세종문화

할머니, 할아버지

김도연 (초2)

할머니 할아버지는
우리가 집 가면
점만 하게 될 때까지
우리를 본다.

할머니와 가던 길

홍동환 (초1)

내가 할머니와
놀이터 갈 때
한 나무가 서 있다.
근데 그 나무가 늙어 있다.
딴날,
그 나무한테 가 보니
그 나무가
할머니 서 있는 모습 같다.

「복숭아 한번 실컷 먹고 싶다」 (보리출판사) 수록

회관 뒤뜰에서 노래로 불렸어요. 또 하나는 「할머니와 가던 길」이에요. 세월이 흐르면서 나무가 늙어 보이고, 그 나무에서 할머니를 떠올리는 시예요.

　이오덕 동요제는 2회로 끝났지만, 우리는 자체적으로 좀 더 이어갔죠. 시 써서 곡을 만들고, 아이들이 스스로 작곡하기도 했어요. 아이들이 캠프에서 자작시로 노래를 부르면 그걸 악보에 기록하고 다듬어 만든 곡들도 제법 있어요.

일기나 독후감에 비해 시는 범주가 다른 것 같고, 어렵게 여겨지기도 해요.

그게 굉장한 착각인 거예요. 시라고 하면 미사여구 넣고 은유도 들어가야 할 것처럼 생각하는데 시를 잘못 공부한 거죠. 앞서 소개한 시에서도, 할머니가 점이 될 때까지 우리를 본다는 구절이 특별히 다듬은 글은 아니지만 감동이 있잖아요. 이오덕 선생님은 감동이 있으면 시라고 생각하셨거든요. 행과 연을 나눈 형식 같은 게 꼭 있어야 시가 되는 건 아니에요. 대신 산문과는 다른 거죠. 그런데 어찌 보면 애들 일기가 워낙 짧으니까 시랑 구분이 안 가요. 어린이는 모두 시인이다, 그렇게도 이야기해요.

큰길로 가겠다

김형삼 (초3)

집에 오려고 하니
아이들이 있었다.
아이들이 나보고
나머지라 할까 봐
좁은 길로 갔다.
왜 요런 좁은 길로
가야 하나.
언제까지 이렇게
가야 하노.
난 이제부터
큰길로 가겠다.

* 나머지: 공부를 잘하지 못하는 어린이가
  학교 공부 시간이 끝난 뒤에 남아서 하는 공부

『엄마의 런닝구』(보리출판사) 수록

예전에는 어른이 아이를 위해 쓴 시를 '동시', 아이들이 쓴 시는 '어린이 시'라고 했는데 요즘은 구분 안 해요. 모두 똑같이 시라고 이야기해요. 아이들이 쓴 시도 많이 읽고, 시인들이 쓴 시도 많이 읽는데 저는 그중에서도 김형삼이라는 아이가 쓴 시를 좋아해요. 이름을 기억할 정도로. 이오덕 선생님과 뜻을 같이 하는 이호철 선생님이 가르치던 아이예요. 「큰길로 가겠다」라는 시는 교과서에도 나오고 백창우 선생님이 노래로 만들어 주기도 했어요.

언젠가 서점을 하면서 고비가 있고 힘들 때여서 그런지, 그 시가 너무 좋게 느껴지는 거예요. 그래서 소식지에 '여는 시'로 넣었어요. 평소 '여는 시'에 좋아하는 시를 뽑아 넣거나 책방 아이들이 적은 시를 싣기도 하거든요. 근데 그해 어느 지역에서 젊은 청년들이 한 무리 찾아왔어요. 공동체를 이뤄 연대 활동을 하다가 힘든 고비가 왔나 봐요. 그러던 차에 같이 여행을 떠났다가 누가 <책과아이들>을 소개해줘서 찾아왔다는 거예요. 소식지를 보다가 이 시를 읽고는 자기들끼리 막 우는 게 아니겠어요? 너무 힘들어서 좁은 길로 가려 했던가 봐요. 그러다가 어린 시인이 큰 길로 가겠다고 적어놓은 걸 보고는 감동을 받은 거죠. 이 시를 본

것만으로도 여기 온 보람이 생겼다더군요. 시라는 게 그런 역할을 하더라고요.

엄마,
옛날이야기 할머니가 되어줘

할머니가 직접 아이들에게 옛날이야기를 들려주는 프로그램도 진행하고 계시지요? 제가 옛날이야기 할머니를 처음 뵌 건 2017년 놀이마루에서 열렸던 가을독서문화축제에서였어요. 백발에 단아하게 한복을 차려입은 모습이 상당히 인상적이었어요. 어떻게 시작하게 되었나요?

매주 금요일마다 열리는 회원의 날에 그림책을 읽어주고 시를 노래하는 경험이 제법 쌓여가고 있었죠. 프로그램을 짜다가 우리나라 그림책이 별로 없는 게 안타까웠어요. 외국 그림책을 많이 보여주는 건 내용이 아무리 괜찮아도 서양 의식을 우리도 모르게 심어주는 거더라고요. 그러다 옛날이야기보다 좋은 게 없겠다 싶었어요. 당시 국내 수준으로는 창작 동화나 그림책보다는 옛이야기가 훨씬 문학적이고 좋았던 거죠.

우리 아이들 공동육아를 할 때 엄마, 아빠가 선생님이 되어 현장을 돌봐야 하는 아마아빠, 엄마의 줄임말날이 있었어요. 아이들이 말 안 듣는 날이죠. 그럴 때 "옛날이야기 해줄게." 하고 들려주면 엄청 집중하다가 이야기가 끝나면 다시 산만해져요. 그러면 또 다른 옛날이야기를 해줘야 해요. 어느 틈에 다음 이야기가 나오고, 또 그 다음 이야기가 나오고 한 열 가지 정도는 줄줄줄 하고 있는 저를 발견하곤 '어, 나 너무 대단한데.' 하고 생각한 적도 있었죠. 물론 처음부터 쉬운 일은 아니었어요.

일종의 '뽀로로' 같은 효과가 있었던 거네요. 요즘엔 휴대용 기기로 영상을 보여주는 식이니까 이야기를 들려주고 듣는 문화가 사라져서 아쉬운 것 같아요.

그렇죠. 저도 옛이야기를 어릴 때부터 들은 게 아니었어요. 어른이 된 뒤에 익힌 거라서 아이들에게 옛이야기를 들려줘야겠다고 마음먹고는 녹음하고 다시 듣기를 되풀이하며 연습했어요. 처음에는 얼마나 어려웠는지 몰라요. 그림책은 보면서 읽어주면 되는

데 옛날이야기는 말하는 중간에 잊어버릴까 봐 더 떨었어요. 그러다 친정어머니에게 옛이야기를 전적으로 부탁한 뒤로는 연습용 녹음 테이프의 존재를 까맣게 잊고 있었어요.

어느 날 식구들하고 외출하는데 차 스피커에서 제가 옛날이야기 하는 게 나오더라고요. 옛이야기를 익히느라 차에서 카세트테이프를 꽂아 놓고 듣곤 했는데, 어느새 잊어버리고는 그 위에다 다른 음악을 녹음해버렸던 거죠. 아이들이 궁금하다고 들어보자고 그러는데 오래간만에 들어보니 얼마나 웃기던지. 그 유물이 집안 어딘가에 아직도 있을 거예요. (웃음)

저도 한번 들어보고 싶네요. 지금의 옛이야기 할머니가 처음부터 하셨던 건 아니었네요.

네, 맞아요. 제가 책방 운영으로 여러모로 버겁던 차에 초등학교 교사였던 친정 엄마가 퇴직하실 때가 되었어요. 엄마는 할머니한테 옛이야기를 많이 듣고 자랐지만, 우리한테 많이 들려주신 편은 아니었어요. 옛이야기가 얼마나 좋은지 알면서도 이어나가지 못한 세대였던 것 같아요. 엄마는 공부할 줄 아는 사람이니까, 공부를 해서라도 단절된 역사에 대한 책임을 져달라는 내용으로 편지를 길게 적었죠. 엄마한테 옛이야기 할머니가 되어 달라고 했더니, 퇴직하고 아무 계획 없었는데 정말 고맙다고 하셨어요. 그러고는 퇴임사에서 '저는 지금부터 공부를 해서 옛날이야기를 들려주는 할머니가 되겠습니다.' 하고 공개선언을 하셨어요. 약속을 지키려는 마음으로 그렇게 하신 거죠.

   아이들에게 옛날이야기를 들려주기 위해서 상당히 준비가 필요했을 것 같은데요.

옛날이야기에 대한 책을 읽고 강연 듣고, 구술을 채록한 책으로 공부 모임도 했어요. 어른 대상의 책이라 아이에게 부적절한 이야기도 많이 추려내야 했죠. 한창 옛이야기 읽기 모임을 할 때 책방 선생님들과 이런 이야기도 했어요. "옛이야기가 진짜 경전이다, 경전." 경전이 뭐냐고 했을 때 제가 떠올린 건 김용옥 교수의 말이었어요. 지금의 '책 경' 자가 예전에는 '길 경' 자와 같은 의미로 쓰였다고 해요. 책이 길을 보여주는 길잡이인 거죠. 정말 맞는 말이었어요. 성경도 말하자면 옛이야기를 잘 갈무리해서 만든 거 아니겠어요?

첫 책방 시절 12평 좁은 공간에서 옛이야기를 함께 나누곤 했어요. 분위기 잡는다고 촛불도 켜고요. 아이들 학교 가고 손님이 별로 없는 시간에 어른들끼리 모인 건데, 촛불까지 켜놓고 있으니까 지나가던 사람들이 우릴 사이비 종교단체로 오해하는 경우도 있었어요.

옛이야기 할머니는 처음부터 한복을 입고 하셨나요? 저는 그 모습이 너무나 인상적이었어요. 옛이야기 듣는 아이들 반응도 궁금하고요.

제가 요구한 것도 아닌데 처음부터 한복 차림으로 준비해 오셨어요. 보기 좋더군요. 옷맵시도 있고 그쪽으로 관심도 있는 분이세요.

'여고 유치원'이라고 서점으로 한 반 나들이 오는 곳이 있어요. 입학부터 졸업까지 매달 한 번 서점에 오지요. 그림책과 함께하는 문학수업은 거의 우리 서점이 맡은 셈이에요. 얘들이 할머니를 참 좋아해요. 학기 마칠 무렵이면 할머니에게 큰절도 하고, 우리한테는 그러지 않는데 할머니에게는 안기기도 하고. 할머니가 한복을 입으니까 분장인 줄 알고 "이거 가발이죠?" 하면서 은 발을 만져보기도 해요. 할머니가 제일 인기 있어요.

　서점을 기억하는 촉매 역할을 하기도 해요. 유아 때 엄마랑 왔다가 한참 지나고 고등학생이 되어 왔을 때, 처음에는 기억을 못하다가 "아, 여기 할머니 있죠?" 이렇게 기억을 떠올려요. 무의 식을 탁 끌어올리는 데 할머니가 역할을 하더라고요. 한 번씩 외 부 공연을 나갈 때 아이들이 할머니를 알아보고 인사하는 것도 신기하고요. 아마 그런 애들은 자기 할머니와도 친한 아이일 거 예요. 할머니에 대한 느낌이 좋아서 스스럼없이 대한 거겠죠. 예 전부터 엄마 아빠가 바쁘면 할머니들이 옛이야기 들려주면서 키 우는 게 자연스러운 일이기도 했어요. 육아를 할머니가 하면 사 실 안정적이기도 해요. 간섭 안 하고 같이 편안하게 놀면 좋잖아 요. 근데 요즘 할머니들은 안 그래요. 엄마랑 똑같이 잔소리하 고 여기저기 데리고 다녀요. 우리가 생각하는 할머니 이미지와 영 다르죠. 할머니는 그저 오냐오냐, 놀아라 하면 좋을 것 같은 데, 그래야 애들 정서가 안정되는데 이제는 잔소리꾼이 더 많아 지고 있는 것 같아요.

엄마, 나처럼 생긴 귀가
엄마 복이 있는 사람이라 하더군요.

그 말이 맞나 봐요. 난 늘 부모 복에 이리 편하게 행복하게 산다는

생각이거든요. 그리고 무엇보다 내 부모를 자랑스럽게 생각하며……

(어떤 것보다 나를 비롯 내 주변 가족이 자랑스러울 때 행복한 것 아니겠어?)

엄마, 축하해야 할 일이 맞지요?

'명예 퇴직' 말이야. 아버지처럼 새로운 생활의 출발로 생각하고

축하도 받고 스스로도 축하하세요.

선물을 하나 하고 싶었는데 궁리하다 '옛이야기 책'들을 모았습니다.

왠지는 미리 말해 다 아시죠.

내가 생각하는 게 가능할지 어떨지는 몰라도 잘못된 일은 아니니

한번 시도해 볼만 해요.

큰 기대 갖지 않고 우리 주변 아이들이 '옛이야기 많이 들려주던

할머니가 계셨어.' '어린이 전문서점에서 말이야.' 하는 기억을 커서 가진다면 큰 성공이에요. 금방 금방 읽어지는 것들이지만 입으로 하기 그다지 쉽진 않더군요. 한번 해보세요.

3월 26일(금)에 서점에서 옛이야기 들려주기와 슬라이드 보기 행사가 있어요. 두세 편 이야기를 준비하면 되지요. 가능하면 그때부터 시작해 보죠.

힘들면 다음 기회에 하고. 그래도 그때부터 하세요. 그 뒤엔 5월쯤에 할 예정이라 너무 늦지요. 또 내 얘기 때문에 그 뒤엔 얼마나 자주 할 수 있을지도 모르겠고……

그럼 엄마, 그만 쓸게.

재밌는 하루 하루 되시길 바랄게요.

딸 올림

1999. 2. 24.

옛이야기의
가치와 복원

대표님께서 옛이야기에 주목하게 된 이유를 좀 더 자세히 들려주시겠어요?

어릴 때부터 외국 동화만 보는 건 위험한 면이 있다고 생각해요. 동화 속에는 서사뿐 아니라 문화가 있잖아요. 거기 푹 빠지면 나도 모르게 서양 사람보다도 열등하다고 느낄 수 있죠. 어릴수록 그런 위험이 더 크고요. 그때 옛이야기가 보이더라고요. 아무리 우리 것이 없다고 해도 이야기 비중을 50 대 50으로 맞춰보자고 시작했어요. 선생님들 모시고 공부하다 보니 좋은 창작동화나 그림책의 바탕도 다 옛이야기더라고요. 옛이야기는 오랜 세월에 걸쳐 다듬어졌잖아요. 그래서 작품성이 뛰어나요. 창작동화보다 문학적으로 뛰어난 부분이 많아서 믿을 수 있죠. 게다가 우리 전통이나 교육적인 내용도 품고 있어서 신뢰할 수 있어요. 그런데 우리나라는 식민지 역사에 이어 독재와 산업화 시대를 거치면서 할머니에게 듣던 옛이야기가 단절되어버렸어요. 의식적으로 되살려야 하는 상황이 된 거예요. 옛이야기 복원에 힘쓴 서정오 선생님께서 옛이야기 다시 쓰기를 많이 해놓으셨어요. 그래서 이분 책을 옛이야기 할머니에게 드리고 익히기를 부탁드렸죠.

콘텐츠의 기반이 옛이야기라면 그리스 로마 신화 같은 것만 배워서는 우리 문화가 흔들릴 수 있다는 위기감마저 느껴졌어요. 최근에 스토리텔링 아티스트와 이야기한 적이 있는데, 그 친구는 독일에서 스칸디나비아학을 공부했대요. 한국에 돌아와 한국 사람들이 잘 모르는 이야기를 들려줘야겠다 싶어 북유럽 신화를 재창작해서 들려줬는데 뜻밖에 너무 잘 알더라는 거예요. 웬일인가 했더니 게임 때문에 북유럽 신화를 잘 알더래요. 오히려 우리나라 옛이야기는 낯설어해요.

그러게요. 지금 생각해보면 이상해요. 그리스 로마 신화 속 신들은 줄줄 외우면서 정작 우리 신화에 대해서는 들은 게 많지 않거든요.

우리가 서양의 옛이야기만 알아서는 제대로 된 문화 콘텐츠를 만들 수 없겠다 싶더군요. 그래서 신화나 옛이야기는 교육적인 측면을 넘어 미래 산업이다, 이렇게까지 생각했던 거예요. 예컨대 <신과 함께>를 먼저 본 아이들은 제가 우리 신화를 읽어주면 "이거 <신과 함께> 베꼈네요." 이래요. 전통신화에 배경지식을 갖고 있는 아이들은 그런 식으로 말하지 않죠. 린드그렌의 『사자왕 형제의 모험』 같은 책도 전부 신화를 기반으로 하고 있어요. 잘 만든 작품들은 옛이야기에 뿌리를 두고 있는 게 느껴져요. 그런 작품을 쓴 작가들은 옛이야기와 함께 어린 시절을 보낸 거죠.

아이들에게 옛이야기 들려주기

지난 8월 12일에는 서정오 선생님과 아이들이 만났다. 여태 부모와 선생님과 만남을 주선했는데 이번에 아이들과 만나기를 꾸렸다가 선생님의 인기에 놀랐다. 100명이 넘게 신청해 어쩔 수 없이 80명만 참가토록 했다. 그동안 선생님이 쓴 『옛이야기 보따리』(보리), 『서정오의 우리 옛이야기 백가지』(현암사)를 〈책과아이들〉 곁에서 크는 아이들이 얼마나 많이 보고 즐겼는지 알았다. 서점에서 하는 금요일 회원의 날에 지속적으로 오는 아이들 역시 빛그림 이야기가 훨씬 시각적임에도 불구하고 할머니 옛이야기를 들으러 온다고 말을 하는 걸 보면 아이들이 얼마나 옛이야기를 좋아하는지 다시 느낀다.

정신없이 뛰고 구르는 아이들을 진정시켜 자리에 눕히고 자게 할 때도 어지간한 힘으론 불가능하다. 그때도 "옛이야기 해주께, 누워라." 하면 그것에 이길 놀이는 아무것도 없다. '친구와 함께 책 읽기반'에서 옛이야기는 때로 수업을 위한 무기가 되기도 한다.

"너거 자꾸 장난치면 오늘 옛이야기는 없다."
"어어, 그러기가 어딨어요. 샘!"
"나는 안 그랬는데, 에이 너거 때문에……."

늘 조용한 아이도 억울하다 한마디 하고. 역시 시 읽기, 옛이야기 듣기, 책읽기 중 옛이야기 인기가 최고다.

우리가 이렇게 줄곧 옛이야기를 붙잡는 건 – 책으로만 아니라 직접 들려주기를 고집하는 건 – 옛이야기를 다른 것을 위한 수단으로 삼아서가 아니다. 재우기 위한 무기 따위가 아니다. 옛이야기는 어린이 문학의 어머니 자리에 있기 때문이다. 함께 책을 읽다 '훌륭해지려면'이라는 표현이 나왔다. 아이들에게 "훌륭한 게 뭐지?" 하고 문득 물었다. 아이들은 '훌륭한 인물'이 자동으로 떠오르나 보다.

"업적을 남긴 사람요.", "깨달음을 얻은 사람요. 석가모니같이."
"또?" 내 표정이 다소 만족스럽지 못했는지 한 아이는 "살아가는데……
(더듬더듬) 응, 그러니까 좀 나쁘지 않게 그러니까 응 바르게 살아가는 것 (갸우뚱) 그런 것……."
아이들은 눈치가 빠르다. 맨날 내가 해주는 이야기가 똑같은 거니까. 똑같은 정신이니까. 얼른 말을 바꾼다.
"선생님은 착한 거. 그러면 훌륭하다고 생각해. 근데 그거 생각보다 어렵제!"
아이들 고개 끄덕끄덕……
"옛이야기에 주인공은 다 착하더라 그치?" 아이들 끄덕끄덕!

옛이야기 주인공은 복잡한 마음이 아니고 그저 착하다. 착해서 복 받는다. 때로 악과 대항하기도 하지만 쟁취해서보단 그저 내가 착하니 복 받는 게 많다. 나는 옛이야기를 통해 아이들에게 그 정신을 주입시키고 있는 중이다. 거의 세뇌 수준이라 할 만하다. 관계가 복잡한 드라마, 소설, 영화, 만화 속에서 아이들은, 아니 현대인들은 옳고 그른 것에 대한 판단이 흐려진다. 헷갈린다. 저 사람 말이, 행동이 옳은 것 같기도 하고 아닌 것 같기도 하고, 이래 생각하니 맞는 것 같기도 하고……. 그럴 필요가 없다. 단순해져야 한다. 상대와 관계없이 당연히 착한 주인공, 그런 주인공이 아이들 속에 수도 없이 많아야 한다. 자기도 모르게 닮아버려야 한다. 저 책 좋다 싶으면 이런 옛이야기 정신을 바탕에 깔고 있다. 착함이 당연히 승리하는 정신, 복 받는 정신이. 그래서 옛이야기는 어린이 문학의 어머니다. 아이들은 책을 함께 볼 때 저절로 그런 정신으로 인물을 본다.

아이들 입에서 나오는 소리, "쯧쯧, 인정머리 없게, 니는 인자 벌 받는다." 틀림없다. 동정심 없는 주인공은 아이들 말이 떨어지기 무섭게 엄청난 벌을 받는다. 아이들은 통쾌해하고 또 보고, 또 보고 확인한다.
(『세상에서 가장 맛있는 무화과』 읽던 중)
옛이야기를 막 시작하면 "아─" 하며 아는 척이다.
"그래, 니가 한번 해라 오늘은."
"어──. 생각 안 나는데……."
"니 옛이야기 박사 아이가 한번 해라."
"그래도 선생님이 해주세요."
"그래요. 선생님이─"
"조용해라, 시끄럽다 좀. 빨리하세요."

은근히 기분 좋아 으스대며 옛이야기를 시작하면 이야기가 술술 풀린다. 화가 나 있으면 어떤 이야기도 할 수가 없다. 책은 그래도 읽어줄 수 있는데 옛이야기는 그럴 수 없다. 온정신을 이야기 속에 쏟아야 이야기가 재밌게 풀어지는데 듣는 사람 역시 그럴 거다. 그래서 들려주고 듣는 과정에

카타르시스가 있다. 아이들은 아는 척해도 제대로 이야기를 풀지 못한다. 수만 가지 이야기 중 한 사람이 잘 할 수 있는 이야기는 옛날에도 몇 안 가지고 있었을 거다. 그래서 아이들도 내가 시작하려는 이야기를 선뜻 나서서 하진 못한다. 하지만 아이들이 확실히 알고 있는 것은 있다. 이야기 처음부터 끝까지 누가 복 받고 누가 벌 받을지. 그걸 다 알면 재미없을 것 같은데 그래도 재밌는 것 보면 옛이야기는 훌륭한 문학임이 틀림없다. 어른인 내겐 특히 그렇다. 같은 이야기를 반복해서 읽을 때, 반복해서 이야기할 때마다 놓쳤던 낱말, 구절을 발견하고, 앞뒤 이야기 구조가 뛰어남을 발견하곤 박수를 친다. 또 한 문장이 전체 이야기와 관련되어서 또는 따로 넌지시 나에게 던지는 메시지에 고개를 끄덕인다. 이야기 들려주면서 그런 걸 더 많이 느낀다. 그래서 옛이야기 들려주기는 신경이 많이 쓰이지만 재밌다. 글재주 있으면 내가 느끼는 옛이야기 감상문을 한 편 한 편 적어보고 싶은데 쉽진 않다.

지난 8월 19일 작가 조호상 선생님과 아이들이 만났다. 아이들 질문은 예리하고 빠짐이 없다.

"왜 글을 쓰세요? 책을 만드세요?"

"동화에 한정해서 얘기할게요. 착하게 살고 싶고 착하게 살아야 한다고 말하고 싶어서요. 우리 별로 안 착하게 살잖아? 자연한테 남한테 동식물한테……. 어른들에겐 아무리 글로 써서 말해도 무얼 말하는지 모르고 별로 안 들으려고 하는 것 같아. 그런데 아이들은 그렇지 않은 것 같아요."

"그럼요! 그럼요!" 나는 옆에서 크게 고개를 끄덕였다.

착하게 살자고 책 읽는 거지요. 착하게 살자고.

배움의 공동체,
책방 모임

어린이를 위한 프로그램 외에 〈책과아이들〉에서 어른들의 모임도 활발하지
요? 어린이 문학정신을 지켜나가려면 어른도 공부해야 하니까요.

부모 모임을 많이 했어요. 97년에 서점을 열고 매년 하나의 모임
을 만들자는 생각으로 1기를 모았어요. 여성 문제나 사회문제에
관심을 가지고 활동하던 지인들이 참여했었지요. 제가 주로 어
린이책, 어린이 문학에 초점을 맞춰 독서 모임을 이끌었어요. 강
연회에서도 어린이도서연구회에서 주장하는 것들을 알리기 위
해 옛이야기를 어떻게 볼 것인지, 세계명작을 어떻게 비판적으
로 볼 것인지 같은 주제를 다뤘죠. 학교 선생님을 포함해 이미

이 분야에 관심 있는 분들 위주여서 1년 활동하고 싹 흩어져 이름도 잘 기억 안 나요. 그래도 어떤 단체의 활동을 접하다 보면 '어 그때 그 사람인데.' 하는 경우가 있어요. 곳곳에서 각자 활동하다가 만나게 되죠.

교대 앞으로 옮긴 뒤 '어린이 문학'이라는 말로는 일반 대중에게 다가가기 어렵다는 걸 알았어요. 그때는 저도 아이가 아직 어렸고 육아에 대해 궁금하고 힘들던 시기였죠. 그때부터 대중성을 확보하기 위해 말은 부드럽게 하되 전달하고 싶은 내용은 유지하자고 나름 계획을 세웠어요. 불특정 다수에게 어린이책을 알리지 않으면 안 된다는 신념이 있었죠. '어린이책 어떻게 고를 것인가', '음악교육 어떻게 할 것인가' '그림교육 어떻게 할 것인가' 이런 주제를 내걸고 강연하면서 대안 교육에 관한 얘기를 하면 되겠다 싶었어요. 학원에 보내는 것이 아니라, 어떻게 제대로 된 책을 보고 예술을 볼 것인가를 얘기하고 싶었죠.

참석자들이 많았는데 육아를 하고 있는 분들이 대다수였어요. 그중 일부가 부모 모임 2기가 됐고요. 그분들과 10년 넘게 모이다 지금 자리로 이사 오면서 3기를 새로 모집했어요. 두 모임을 동시에 진행하기가 벅차던 와중에 2기는 스스로 서점 밖에서 10

년 가까이 꾸준히 모임을 가지다 작년에 자연스레 해체되었어요. 모두 합하면 20년 가까이 모인 셈이죠.

3기는 다들 경제적으로 여유가 있는 편이었어요. 소위 중산층에 속하는 분들이었죠. 그 모임도 독립을 시키려고 했는데, 흔들리는 시기가 왔어요. 갑상선 질환을 앓거나 갱년기가 심하게 온 분도 계시고, 집안에 우환이 생겨서 남편 일을 돕게 된 분도 있었고요. 이러면서 모임이 흔들리게 된 거죠. 그런데 독서 모임을 덜 하게 되니까, 생활이 달라지기 시작한 거예요. 책을 읽고 같이 얘기를 했는데도 이렇게 흔들리나 싶고 괜히 제 책임인 것 같기도 했어요. 그래도 그분들 가운데 나중에 책방 아이들에게 책 읽어주는 선생님이 된 분도 있어요. <책과아이들>을 다방면으로 응원해준 분인데 지금은 경기도로 이사를 갔어요. 이렇게 세월이 우리를 헤어지게 해요.

조금씩 흔들리는 게 어쩌면 자연스러운 일일지도 모르겠어요. 중심을 다잡는 노력도 하셨을 것 같네요.

건강한 사회가 되기 위해서는 중산층이 사회적 책임을 다해야 한다고 생각했어요. 『로빈슨 크루소』 도입부에 이런 장면이 나와요. 로빈슨 크루소의 아버지가 아들인 로빈슨 크루소에게 중산층 신분이 얼마나 좋은지를 피력하지요. 상류층은 부도덕하고 사치스럽고 무절제한 삶의 방식 때문에 곤경에 빠지기 쉽고, 하류층은 고된 노동과 생필품 부족으로 힘든 나날을 보낸다는 거죠. 그런데 중산층은 그런 어려움 없이 평온한 삶을 살 수 있다고 말해요. 비록 시대와 배경은 다르지만, 중산층이 사회의 튼튼한 허리가 되어야겠지요. 그러나 중산층이 막 생겨나던 때와 지금은 좀 다르다고 봐요. 자본주의 시대 중산층은 유혹에 빠지기 쉬운 계층이라 건전성을 유지하기가 어려워요. 자칫 상류층을 부러워하고 저소득층을 무시할 수 있는 흔들리는 위치이지요. 제가 그런 중산층이라 생각해요. 그래서 뭔가 단단한 걸 붙잡고 싶었지요. 그게 책방이고 어린이 문학이에요.

이오덕 읽기 모임도 같은 맥락에서 만든 거예요. 저한테 항상 화두를 던져줬고, 지속적으로 도움이 됐어요. 자기 자녀를 독서 모임에 보낸 분들도 있었고요. 결국 엄마도 아이도 각자 공부하니 훨씬 단단하더군요. 서로 영향을 주고받으면서 도움이 많이 되더라고요. 이오덕 선생님 일기를 모조리 읽으면서 중심을 꽉 잡으려 했어요. 이오덕, 권정생 선생님 서가를 따로 만들어 큐레이션했는데, 다들 성전 같다고 할 정도였죠. 지금은 다른 작가와 같은 비중으로 축소했어요. 두 선생님이 돌아가시고 나서 조금 유명세를 타게 됐는데 제가 마치 그분들 이름을 팔아먹는다는 느낌이 드는 순간이 찾아왔거든요. 많이 알려졌다고는 해도 여전히 모르는 사람들이 많지만, 오해받기 싫었어요. 이오덕 읽기 모임은 2013년 시작해서 지금까지 함께하고 있어요. 제가 아프고는 2년 가까이 참여하지 못하고 있는데 스스로 운영을 잘하고 계세요. 그 뒤 만들어진 어린이인문학여행팀 역시 똘똘 뭉쳐 책읽기에 열심이지요. 제가 돕지 못하는데 주체적인 힘들을 가져 고마울 뿐입니다.

〈책과아이들〉에 갈 때마다 학교와는 결이 다른 배움의 공동체 같다는 생각을 해요.

공동육아 경험이 컸던 것 같아요. 고립되어 혼자 아이를 키웠던 7년 동안 굉장히 힘들었거든요. '또하나의문화'에서 나온 『함께 크는 우리 아이』에서 여성의 고립에 대한 내용을 읽었을 때 정말 제 문제로 와 닿았어요. 어떻게든 제 문제를 해결해야겠다는 생각으로 공동육아를 시작했어요. 남성이 참여하고, 이웃이 함께 아이를 키우고, 사회가 책임질 때 아이가 건강해진다는 게 바로 공동육아거든요. 당시 충분히 발전시키지 못했던 것들을 서점으로 가지고 와 더 많이 적용해보려 했어요. 모임을 하는 게 저한테는 항상 큰 도움이 되죠. 회원을 위해 모임을 만들지만, 또 모임 구성원들이 저를 붙잡아주는 부분도 있어요. 그렇게 계속 나아갔던 것 같아요.

이오덕 읽기 모임 발표회

3부

함께 읽는
독서 프로그램

초등학교 독서 모임
'친구와 함께'

영유아와 함께 하는 그림책 교실 외에 초등학교 이상 아이들과 함께 하는 책 읽기 프로그램도 있는 걸로 알고 있어요.

초등학교 1학년에서 중학교 3학년까지, 아이들이 중심이 되는 독서 모임을 운영하고 있어요. 초1~3학년까지는 책방 선생님들이 그 자리에서 책을 읽어주는데, 3학년은 집에서도 개별적으로 다른 책을 읽어오게 한 뒤 선생님과 일대일로 가볍게 얘기 나눠요. "그 장면 정말 슬프지." 정도로 넘어가지 꼼꼼하게 분석하지 않아요. 읽어온 책이 재미없으면 건너뛰기도 하고요. 느슨한 자유를 3학년 때까지는 주는 거죠. 4학년부터는 한 달에 2권으로 정해지고, 주제도 생각해보라 하고, 긴 글쓰기를 권하지요. 그동안은 짧게 독후감을 말하거나 썼고 한줄 독후감을 많이 썼거든요. 핵심 한 줄을 찾으면 원고지 10장은 사실 후딱이거든요.

오늘도 프로그램 마치고 올라온 글을 보니 중2가 쓴 것치고는 틀린 글자가 꽤 있어요. 단락 나누기를 하라고 강조했는데 한 단락도 안 나눴고요. 근데 다시 살펴보니 나름 의도가 있어서 그 호흡으로 쓴 거더라고요. 그래서 아이들이 저한테 오면 쓴 글을 읽어달라고 하는 편이에요. 공책을 보는 순간 틀린 글자부터 다 고쳐주고 싶어져요. 그러면 아이들 글이 막혀 버릴까 봐 읽지 않고 소리로 들으려는 거죠. 5학년부터는 1년에 두 번가량 원고지 쓸 기회를 줘요. 2,000자 원고지가 200자 원고지에 비해 칸이 작아서 적당해요. 저도 한번씩 원고지에 글을 쓰면 기분이 좋아지더라고요. 아이들도 원고지에 쓸 때면 공책에 쓸 때보다 단락 나누기도 잘하고 틀린 글자에 더 예민해져요. 제가 일일이 빨간 줄을 긋지는 않아요. 글을 써보면 얼마나 책을 열심히 읽었는지 아닌지 스스로 알 수 있거든요. 책을 더 꼼꼼히 읽게 하기 위해 글을 쓰게 하는 거예요. 제가 글을 특별히 잘 쓰는 사람도 아니니까 글쓰기를 지도한다는 목표를 두지 않고요. 책을 꼼꼼히 잘 읽어내고 한 달에 두 편 정도 꾸준히 쓰다 보면 자연스레 잘하게 되더라고요.

초등학교 독서 모임인 '친구와 함께 책읽기' 프로그램은 어떻게 시작하게 되었나요?

제 아이 기영이가 4학년이었던 2001년에 시작했으니 꽤 오래됐네요. 희한하게 기영이 주변으로 친구들이 잘 모이더라고요. "책읽기 같이 할 사람 모여." 했다가 나중에는 같이 축구도 하고 여행도 가고 했지요.

'친구와 함께' 라는 프로그램 이름이 참 친근한 것 같아요. 책읽기라고 하면 뭔가 어깨에 힘이 잔뜩 들어가는 느낌인데 말이죠.

아이들을 들여다보니까 저한테 배우는 게 아니라 친구들한테 배우는 거더라고요. 그걸 부모들은 잘 모르니까 명칭으로 드러낸 거죠. 학부모들이 주도해서 반을 구성하려는 경우가 있는데, 그건 아니라고 생각했어요. 순리대로 하면 거기서 자연스럽게 배우게 되는 건데 말이죠. 너무 분별하다 오히려 못 배워요. 책방 선생님들이 여러 명으로 늘어나다 보니 거기서도 구분을 지으려는 일이 생겼죠. 선생님들마다 배울 점이 있고, 또 선생님보다는 친구가 더 중요하니까 그렇게 하지 마시라고 했어요. 개인 교습을 받으려는 부모들도 있어서 더더욱 '친구와 함께 책읽기'로 이름 지은 거죠.

30여 년 전에 동화 읽는 어른 회원들과 독서지도사 과정을 만들었어요. 저도 초창기부터 합류했는데 서점을 운영하면서 강사를 겸하니 참 불편하더군요. 책 장사를 하기 위해서 참여했다고 오해할까 봐 빠져 나왔어요. 그리고 책방에서 제 나름으로 독서지도 방법을 구상했지요. 무엇보다 어릴 때는 책 읽어주기와 들려주기의 효과가 크다는 걸 믿었어요. 더 커서는 책을 성실히 읽고 정직한 글쓰기를 하는 단순한 과정을 반복했어요. 함께 이야기 나누고 글을 쓰거나, 글을 쓰고 이야기를 하거나 약간의 순서 차이만 있죠. 주제에 따라서 보조 자료를 더 준다든지, 영화를 본다든지, 다큐멘터리를 본다든지 이런 식으로 경험을 늘리고요.

기영이가 초등학교 4학년 때 10명 정도로 시작해 중학교 졸업까지 6년 과정을 시험해봤어요. 끝까지 간 건 7명이었나? 1, 2기는 회비를 받지 않았어요. 저 혼자 개발하고 공부해서 방향을 잡은 거라 검증을 해보고 싶었거든요. 3기부터는 회비를 받기 시작했죠. 내 것을 만들고 축적하는 시간이 필요했어요. 애들이라고 얕보고 쉽게 자신할 수 없었어요. 전 아이들과 책을 진지하게 대하는 편이거든요.

제가 만든 과정을 좋아하는 아이들도 있지만 흥미 위주의 이벤트를 좋아하는 아이들은 지루해 달아났을 거예요. 고맙게도 눈을 말똥말똥 뜨고 잘 따라와 준 아이들이 많아요. 우리가 다행히 궁합이 잘 맞았던 거겠죠?

독서 지도는 책 고르기에서 시작해 책 고르기로 끝나요. 제 전공이 사학인데, 이런 말이 있어요. '역사 공부는 시대 구분에서 시작해서 시대 구분으로 끝난다.' 거기서 따온 말이에요. 연령과 계절에 적절한 책을 고르는 순간 아이들과 만남은 90% 성공이더라고요. 책이 다 해줘요.

초등학생으로 시작했다가 중학생으로 대상을 넓혔잖아요. 특별한 이유가 있으신가요?

6학년 애들을 떠나 보내려니 마음이 조급해지더라고요. 제가 하고 싶은 말을 성급하게 하고 있다는 걸 어느 순간 느꼈어요. 아이들이 소화하기에는 커리큘럼에 문제가 있다는 생각이 들었어요. 예를 들어 탈핵문제나 평화문제, 역사문제를 동화로 보게 될 때 우리 민족이나 인류의 어두운 면을 다루게 되지요. 아이들에게 진실을 알아보는 힘을 갖게 하는 것이 중요한데 자칫 주입식이 될까 걱정스러웠어요. 물론 문학의 힘을 믿고 도서 목록을 잘 구성하면 되겠지만, 초등학교 시기만으로는 하다 마는 느낌이랄까요. 하이타니 겐지로의 『태양의 아이』 속 역사 선생님을 만났을 때 무척 반가웠어요. 오키나와 역사를 어떻게 아이들에게 진실하게 알릴지 고민하는 모습이 저와 같았거든요. 그래서 '안 되겠다, 이 아이들을 조금 더 만나야겠다.' 싶어 중3까지 프로그램을 만들었어요. 책읽기를 좀 더 느긋하게 끌고 나가려 한 거죠. 처음에는 초등학교 프로그램과 똑같이 '친구와 함께 책읽기반'이라고 부르다가 2012년부터는 '책과 영상 읽기반', '더불어 인문학'으로 이름을 바꿨어요. 영상 세대인 아이들이 책과 영상을 관련지어 보는 재미를 맛보게 하고 싶었고 친구와 가족, 이웃과 더불어 하는 인문학 공부를 추가하고 싶었어요. 그래서 결국 아이들이 '책읽기는 평생 하는 것이다'를 배운다면 부족함이 없겠지요.

아이들과 책을 읽으며

독서라는 건 혼자서 해야 하는 일입니다. 혼자서 이 일에 '몰두'하고 나면 책에서 얻은 이야기나 정보, 느낌 말고도 이만큼 시간을 혼자서 어떤 일로 가득 채운 뒤의 쾌감도 있지요. 몸은 찌뿌둥해지고 귀도 먹먹하고 다른 세상에 잠시 있다 온 것 같이 멍하고. 그러다 친구와 만나 그 이야기를 풀어내는 것도 독서가 주는 또 다른 즐거움입니다. 하지만 요즘은 텔레비전이 이런 즐거움을 빼앗았습니다. 아이들은 그저 만나면 개그맨 흉내에 사극 이야기가 주를 이룹니다.

혼자서 해야 하는 책읽기를 너댓 명이 함께 하는 우리 서점에서의 모임은 그래서 퍽 낯선 모습입니다. 함께 시를 읽고 아이들 글을 읽고 옛날이야기를 듣고 책을 함께 읽으며 자기 이야기를 풀어놓는 아이들과의 모임입니다. 시가 제일 좋다는 아이, 옛날이야기가 최고라는 아이, 각기 취향이 조금씩 다르지만 이야기가 시작되면 귀를 기울인 40분, 60분이 후딱 지납니다. 아쉬운 건 아이들 이야기를 천천히 다 들어줄 시간이 부족한 겁니다. 서툰 이야기나마 자기들끼리 나눌 시간이 부족하지요. 너무 서툴러 서로 듣기 싫어하는 것이 지금의 자기들 수준이지만 참고 기다려 줄 수 있나면 감정 내지 않고 이야기하는 법을 터득할 법도 한데 아직은 많이 거칩니다. 자기 이야기만 하고 싶어합니다. 또는 학년이 높을수록 알맹이 없는 이야기면서 형식만 지나치게 갖춘 경우도 있습니다. 사람들과 자연스레 이야기하는 법을 잊고 있는 거지요. 발표와 이야기를 너무 다르게 구분 지어서 제대로 자기 생각을 말하지 못하지요. 그게 조금 풀리면 너무 이야기를 많이 하고 싶어하기도 하구요. 어쨌든 지금 우리 아이들은 자기 이야기를 충분히 다 하지 못하는 것 아닌가 하는 생각을 많이 합니다. 혼자 조용히 독서할 시간을 제대로 갖지 못하는 것처럼.

시나 옛이야기, 책 등은 아이들끼리 그리고 아이들과 어른 사이에 주제가 있는 대화로 나아가게 하는 발판입니다. 글쓰기나 논술 이전에 자기의 생각을 갖고 그걸 이야기 할 수 있는 게 우선입니다. 웅변을 하듯이 말고 자연스럽게. 나중에 필요하다면 그걸 글로 그대로 쓰면 되니까. 말은 자기의 생각을 한번 정리해주고 오래 기억하게 해줍니다.

혼자서건 여럿이건 책을(물론 좋은 책) 본다는 건 삶의 질과 관계 있는 것 같습니다. 미래 삶의 질뿐 아니라 더 중요한 현재의 삶의 질과 말입니다.

하이타니 겐지로를 다시 보며

『태양의 아이』를 읽고

오키나와의 아이, 후짱과 기요시를 통해 일본 속의 오키나와, 아시아 안의 오키나와, 세계 속의 오키나와를 생각해 볼 수 있었고 역사 속 개인의 의미를 눈물겹게 읽었다. 우선 말 많은 오키나와의 역사를 알고 싶어 아라사키 모리테루의 『또 하나의 일본, 오끼나와 이야기』(역사비평사, 1998)를 살폈다. 소설만 먼저 볼 때와는 무척 달랐다. '아는 만큼 본다'고 하이타니 겐지로가 역시 교사답게 소설 곳곳에 오키나와의 전통, 문화, 풍속을 알리려 했고 슬픈 역사를 진지하고 진심 어리게 전하려는 노력이 보였다.

후짱의 아버지와 오키나와를 사랑하는 총각 기천천은 후짱에게 오키나와의 자연과 놀이, 노래를 먼저 말해주고 공부하게 한다. 그들은 아이 앞에서 상처에 대한 이야기는 미룬다. 가지야마 선생은 이 방법이 '오키나와를 공부하는 데 필요한 용기의 원천'이 될 거라 한다. 내가 인간의 슬프고 부끄러운 역사를 알아야 한다고 생각하고 스스로 공부하고 아이들과 함께 공부하면서도 아이들이 그 잔인함을 이길 만한 용기의 역사는 미처 생각지 못했는데 기천천은 참 훌륭하게 접근하고 있었다. 아마 내가 느끼는 아픔과 그의 것이 엄청나게 차이 나기 때문이리라. '쓰라리고 슬픈 일을 당한 사람일수록 그런 일을 남에게 해서는 안 되겠다는 생각이 누구보다 강하다.'라는 후짱의 편지처럼. 나 자신도 공부가 부족해 그런 용기가 부족하다. 우리 역사에 대한 자부심과 사랑이 바탕되어 있지 않고 차갑게 역사 사실을 대하는 태도는 내가 때로는 인간에 대한 사랑 없이 인간들과 만나는 것과 다르지 않을 것이다. 정말 제대로 역사 공부를 하고 싶은 욕구는 많은데 참 어렵다. 특히 종교·문화·사상·예술을 공부하면 정치사보단 낫지 않을까 싶다.

오키나와는 규슈 남쪽 맨 밑에서 대만에 이르는 약 200여 개의 섬 가운데 위치한다. 500여 년 전에는 일본국가 틀 바깥에서 독자적인 류큐왕국이 형성

되어 있었고 그들은 중국을 비롯해 아시아 전 지역과 대 교역시대를 열고 있었다. 그러나 이후 본토의 막부정권, 메이지 유신 이후 근대 국가 일본은 오키나와를 이용한다. 특히 태평양전쟁에서는 미군이 상륙했고 집단 자결을 부추겨 9만 4천여 명의 민간인이 희생된 것으로 알려지는데 그 정확한 수는 알 수도 없는 현실이다. 그 후로도 18만 대군의 미군이 상륙한 오키나와를 미군 정부는 일본 본토에서 분리 지배한다. 반공의 거점으로 한국전쟁, 베트남전쟁을 위한 미군기지로 이용되었고 본토에 주둔한 미군을 감축할 때마다 오키나와의 미군 수는 늘어났다. 그래서 오키나와 사람들은 미군뿐 아니라 본토 사람에게도 적대감을 갖고 있다. "처음부터 오키나와를 지킬 생각이 없었던 거야. 눈 뜨고 오키나와를 죽인 거지. 일본 본토 놈들은 멋대로 오키나와를 희생 시켜 저희들만 단물을 빨아 먹었지. 옛날부터 줄곧 그랬어. 지금도 마찬가지야. 앞으로도 그럴 거야." 기천천의 얘기가 곧 오키나와 사람들 전체의 솔직한 목소리다. 그래서 지금도 자립, 평화, 인권을 내세운 운동을 벌이고 있다.

이 책은 이런 오키나와의 슬픈 역사를 어린 후짱이 자기를 둘러싼 가족과 이웃의 역사임을 몸으로 느끼며 자신의 일로 배우는 과정이다. 말라리아와 전쟁으로 그 아픔에서 벗어나지 못하고 딸을 잃을지도 모른다는 강박관념에 살다 결국 죽음에 이르는 후짱의 아버지, 옥쇄를 강요당해 자기 손으로 딸을 죽이고 수류탄을 터뜨려 팔이 잘린 채 살아가는 로쿠 아저씨, 미군기지 때문에 가족이 해체된 기지촌 자식 기요시. 로쿠 아저씨는 "손이 없어졌는데 이 손은 언제까지나 내 가슴을 친다."라고 외친다. 이 책에서 제일 가슴 아픈 말이었다. 오키나와의 일은 한반도의 일과 크게 다르지 않다. 그래서 동아시아의 평화를 위해 연대하고 있다고 한다. 평화만이 공존이다. 어떤 이념이라도 생명을 해칠 수 없다. 의존하지 않는 삶터를 구축해야 할 터이다. 오키나와도 우리도……. 동아시아와 세계의 평화를 위해 이들 지역의 인권이 보장되어야 한다. '한 사람을 구하는 것이 세계를 구하는 것'이라는 얼마 전 중3과 본 영화 〈쉰들러 리스트〉에서의 말이 생각난다.

가지야마 선생은 이것이 진짜 공부이고 고통스런 역사를 아는 것, 알면 생각하는 것, 그리고 자신의 삶에 그것을 실천하는 일이 진정한 우정, 사랑이라한다. 우리는 지금 죽은 사람들의 생명을 받아서 살고 있는 것이다. 죽은 사람이 무엇을 말하고 싶은지 들을 수 있는 귀가 필요하다. 나 또한 후짱의 성장을 통해, 역사의식의 성장을 통해, 인간을 이해하는 폭의 성장 덕으로 배운다. 우리의 삶이 얼마나 많은 사람들의 슬픔의 매듭 끝에 있는가를, 인간은 저 혼자이지만 아픔을 아는 마음만 잃지 않는다면 많은 사람과 따뜻하게 살아갈 수 있음을 배운다.

'좋은 사람이란 자기 안에 남이 살게 하는 사람이다.'

겨울방학,
잠잠이샘과 세이레 책읽기

심야책방 프로그램으로 '강제독서 캠프'를 기획해 〈카프카의 밤〉에서 운영한 적이 있어요. 요즘 다들 휴대폰을 붙들고 사니까 책 읽는 시간이 줄어들잖아요. 그래서 손님의 휴대폰을 '감옥'에 가둔 다음 책 읽는 시간을 가질 수 있게 했죠. 저희는 한 달에 한 번 서너 시간 정도 진행했는데 〈책과아이들〉은 무려 21일간 읽는 독서 프로그램을 하신다면서요? '세이레'를 소개해주세요.

아이들을 대상으로 하는 '엉덩이 붙이고 책읽기' 같은 프로그램을 본 적 있는데, 한 시간 정도 하더라고요. 아이들은 더 할 수 있는데. 충분히 세 시간, 네 시간까지도 집중적으로 읽을 수 있어요. 분위기 만들어주고 믿어주면 애들은 신기할 만큼 잘해요.

책의 힘이겠죠?

독서를 지도한다기보다는 독서 환경을 만들어주는 게 우리 책방의 방향이에요. 책 읽는 환경을 만들기 위해서는 아이들에게 시간을 주는 게 먼저죠. 그 다음엔 좋은 책을 비치하고 손쉽게 뽑아볼 수 있게 큐레이션을 잘하는 거고요. 아이들 손에 적절한 책이 닿도록 두는 거예요. 직접 갖다주는 게 아니고요. 그 다음으로는 책을 좋아하는 사람이 옆에 있어주는 것, 그게 독서 환경이라고 생각해요. 제가 하는 일은 아이들 관찰하고 심부름해주고 휴식 시간에 옛날이야기 들려주는 것 정도예요. 우리 옛이야기나 북유럽 혹은 동아시아 이야기를 찾아보고 들려주기도 했어요. 이야기가 성가시다고 자기 책 보겠다는 애들은 내버려뒀어요. 쉬어야 하는 애들한테만 들려줬지요.

아이들이 책 보는 동안 저는 아이들 한 명 한 명 관찰일지를 적었어요. 얘가 오늘 무슨 책을 봤고, 태도가 어땠고, 쟤는 지금 옆에 있는 친구 따라서 읽는 흉내만 내는 가짜 독서를 하고 있고. 그런 게 다 보이거든요. 그럴 때 살짝 더 쉬운 책을 권하기도 해요. 그러면 한 명도 포기하는 사람 없이 처음 모집했던 인원 모두 끝까지 완주해요.

아침마다 세이레 하는 방을 정갈하게 해놓는 일에 정성을 쏟아요. 아이들이 기분 좋게 자리 잡고 앉아서 책을 볼 수 있게 말이죠. 연령을 통합한 것도 중요했어요. 형, 누나, 동생들이 같이 있으니까 서로 조심하고 흉내 내기도 하는 거예요. 그래도 같은 또래는 도사같이 알아채고 5일쯤 지나면 자기들끼리 모여서 속닥속닥 떠들기 시작해요. 그것까지 막을 순 없으니까 조심하게만 하죠. 1학년의 경우 너무 힘들어하면 방을 따로 배정해줘서 몸 뒤척이며 읽을 수 있게 하고요. 방이 여럿 있는 서점 환경 덕분에 가능한 일이죠.

겨울마다 세이레를 했는데 어느 해에는 그 귀한 눈이 펑펑 오는 거예요. 마당으로 다 뛰어나가 소리 지르며 한바탕 놀기도 했죠. 한이레마다 축하하는 간식이나 선물, 대화를 준비하면서 한 명 한 명 소중하게 정성을 다해 대하는 게 세이레를 끌고 가는 비결이에요.

세이레처럼 오로지 책읽기 자체를 전면에 내건 프로그램을 어떻게 기획하게 되셨는지 궁금하네요.

2013년 1월 겨울방학에 시작했어요. 애들이 책 읽을 시간이 없다기에 집중적으로 읽는 시간을 만들어줘야겠다 싶었거든요. 특히 겨울방학은 오전 시간을 어영부영 버리게 되잖아요. 그래서 세이레는 8시부터 12시까지 해요. 프로그램 마치고 설문조사를 해보니까 잠이 왔다, 아침 일찍 일어나기가 싫었다, 이런 답이 많더군요. 그래도 그걸 극복하고 쌓이는 게 있으니까 뿌듯해해요. 매해 반복해서 오는 애들이 제법 있는 반면 엄마가 또 갈래? 하면 싫다고 하는 애들도 더러 있죠.

세이레의 의미

삼칠일속(三七日俗)이란 아기가 출생한 뒤부터 스무하루 동안을 말합니다. 아이가 출생한 지 7일이면 한이레, 14일이면 두이레, 21일이면 세이레라고 하여 아이와 산모와 관련한 여러 가지 의례와 금기가 있었지요. 금줄도 보통 세이레(21일)만에 걷습니다. 아기의 배꼽이 아무는 데 21일 정도 걸린다네요. 아기와 산모가 면역성과 건강을 회복할 수 있는 날짜였던 거지요.

　우리 신화에 봐도 세이레는 많이 나온답니다. 천지왕이 총명 아기씨와 세이레를 지내고 대별왕 소별왕을 점지하고 다시 하늘로 올라간다든지, 강림도령 어머니가 세이레 동안 치성을 드려 집안 신왕에게 아들 갈 길을 위한 계시를 받는다든지, 초공 삼형제가 세이레 스무하루 동안 한시도 쉬지 않고 밤낮으로 쇠북, 북장구를 울려 죽은 어미, 복의 신 노가단풍 자지명왕을 살려내기도 하지요. 단군신화엔 곰이 세이레 만에 사람이 되기도 했지요.

　생명을 만드는 것도, 다시 살리는 것도, 갈 길을 찾는 것도 질적 전환엔 최소 세이레는 필요한 것 같아요. 왜냐면 석 달 열흘, 삼 년간의 지속이 옛이야기와 신화에 더 많이 나오거든요. 삼형제(세 아들), 사흘 밤낮, 석 달 열흘, 삼 년, 삼 세 번 등 우리 옛이야기 속에 3은 어떤 의미길래 이리 자주 나올까 궁금합니다. 7과 9도 마찬가지구요. 3과 7이란 숫자는 양의 숫자로 음을 누르고 잡귀를 막는 길한 숫자라고 하네요. 특히 3은 양수 1과 음수 2가 더해진 완벽한 수입니다. 양과 음이 더해지면 새로운 생명이 탄생하잖아요. 그뿐 아니라 21일은 양수인 7을 세 번 반복하는 기간이기 때문에 양이 더욱 강하다는 상징성을 띤다고 합니다. 그래서 우리 민족은 세이레라는 기간을 금기 기간으로 삼으며 뭔가 질적 변화를 꾀했던 것 같습니다.

<책과아이들> 독서시간

세이레 책읽기 2019

기간: 2019. 1. 2(수) ~ 2019. 1. 22(화) 8:30~12:30
(2시간에서 4시간 사이 선택)
대상: 초2부터 중3까지

2019년 겨울방학에 세이레 동안 <책과아이들> 잠잠이샘과 차분히 책을 읽습니다. 묵언을 할 것이고 독서 방향은 개별적으로 잠잠이가 제안하고 함께 계획하고 지도합니다.

읽은 목록, 한 줄 독후감과 출석, 집중시간은 기록으로 남길 거고 그 외 독후활동은 하지 않습니다.

세 달을 같은 행동을 하면 몸에서 잘 떨어지지 않는다고 하는데 세이레는 짧지만 그 출발점은 되어 줄 겁니다.

책 읽을 시간이 없고, 텔레비전, 스마트폰, 게임기, 넘치는 학업이 아이들을 산만하게 하는 시대, 질적인 변화를 꾀해 보려 일곱 번째 금줄을 칩니다.

금기 사항

- 자기가 정해 놓은 시간에 오기.
  (지각, 결석 안 하기)
- 다른 사람에게 방해되지 않기 위해

입장시간에만 들어오기.
(8시 30분, 9시 20분, 10시 20분)
- 50분 단위 묵언, 들락거리지 않기.
  (곰이 안 되면 호랑이처럼 쫓겨날 수도 있음)
- 폰 사용 금지, 학원, 학과 숙제하지 않기.
- 각자 세운 목표에 양보 안하기
  (즉, 자기와 싸우기)

내용

- 출석 시간을 정함.
- 독서 목표 정함
- 각자 노트에 자기 기록(출석시간, 집중시간, 읽은 책, 한 줄 독후감, 교사 관찰기록과 견주어 봄)
- 토, 일요일은 집에서 계속함. 토, 일요일은 책을 빌려줌.
- 한이레, 두이레, 세이레를 잘 이룬 사람 격려 선물.

게임에 몰두하는
성빈이를 보면서

아이들 키우면서 마주하게 되는 문제를 서점을 통해서 풀어 나가셨잖아요.
처음에 〈잠잠이 책사랑방〉을 열게 된 것도 첫째 딸 기영이에게 읽힐 책을 찾다
가 시작한 일이었고요. 청소년 인문학 프로그램을 시작할 때도 성빈이에 대한
고민이 계기가 되었다고 들었어요. 성빈이는 어떤 아이였나요?

로봇, 컴퓨터, 휴대폰에 푹 빠지는 타입이었죠. 우리 집 식구들은
서로 닮은꼴인데 성빈이는 약간 달랐어요. 성빈이를 키우면서 비
로소 피부로 와 닿더라고요. 세대 차이나 부모와 소통하지 못하
는 중학생 문제를 체감하게 된 거죠.

성빈이는 당최 중학교에 안 가려고 했어요. 왜 그러냐니까 이

세상에서 제일 싫은 게 학교 선생님이라는 거예요. 1학년 때부터 6학년 때까지 한 번도 선생님이 마음에 든 적이 없었대요. 굉장히 외롭고 괴롭게 견뎌냈던 거죠. 걔가 자질구레한 잔소리 듣는 걸 엄청 싫어하는 성격이었어요. 저흰 크게 혼을 내지 잔소리 타입은 아니거든요. 그런데 초등학교에서 하나하나 지적하는 환경을 접하고는 너무 싫었던 거죠.

형과 누나가 고등학교를 대안학교로 진학하는 걸 보더니 자기는 중학교부터 대안학교로 보내달래요. 고등학교는 수업료가 따로 들지 않는 대안학교가 있는데, 중학교는 마땅히 보낼만 한 학교를 찾지 못했어요. 중학생인 성빈이를 집에서 떠나보내고 싶지도 않았고요. 초등학교 때는 학원도 한 번 안 가고 자유롭게 지냈지만 중학교는 어느 정도 우리나라 교육 현실을 알 수 있는 기회이기도 해요. 직접 겪어야 어른이 되어서도 문제의식을 가지고 바로 잡아갈 수 있을 거라는 생각이 들었어요. 그래서 일단 6개월만 다녀보자 하고 일반 중학교에 보냈는데, 첫해에 만난 남자 담임선생님이 성빈이와 맞는 스타일이었어요. 3개월 지나고 어떠냐니까 다닐만 하다더군요. 그래도 여전히 공부는 안 하고 자유롭게 지내더라고요. 까딱하면 아이를 피시방에 놓치겠다 싶은 걱정이 들었어요.

저도 대안학교 교사를 할 때 휴대폰 게임과 피시방 때문에 씨름을 많이 했어요. 아이들과 부모님들 사이를 잘 중재해야 했는데, 쉽지 않은 문제였죠.

중학교 다니는 남자아이들은 두 부류로 나뉘는 것 같아요. 피시방파와 운동파. 제가 보기엔 피시방파가 좀 더 걱정스러웠죠. 성빈이 형은 스트레스를 운동으로 풀고 자기 공부할 거 하고 나머지 시간은 책 읽으며 지냈어요. 그에 비해 성빈이는 완전 게임파였어요. 기계를 너무 좋아하고 미친 듯이 파고드는 아이여서 피시방을 막을 길이 없었어요. 휴대폰도 여러 번 깼어요. 저나 남편이 휴대폰을 집어던져서 침대까지 망가진 적도 있었고요.

그랬는데도 방에 가보면 또 어디선가 휴대폰을 구해 와서는 빠져들어 있었어요. 그래서 제 경험을 엄마들한테 이야기해요. 우리는 걔들 못 이긴다고요. 형편이 허락하면 최신형으로 사주는 게 맞다고요. 저도 휴대폰 깨고는 또 최신 버전을 사주곤 했어요. 그 덕에 지금도 휴대폰과 컴퓨터 박사예요. 그 세계를 좋아하는 애는 최신 정보를 다 알아야 해요. 새로 나온 휴대폰도 다

써봐야 하고요. 그렇게나 기계를 좋아하는 아이들도 있더군요. 그런 아이와 어떻게 소통할까 고민이 되어, 좀 더 책 읽기에 깊이 들어가게 해야겠다는 생각이 들었어요. 저 같은 고민을 하는 부모가 많겠다 싶더군요.

청소년, 가족과 함께
인문학을 읽다

본격적으로 청소년 인문학 이야기로 넘어가 볼까요.

정식 명칭은 '청소년, 가족과 함께 인문학을 읽다'예요. 중학생 또래들끼리 함께 하는 독서 모임 외에 가족 단위로 한 팀을 더 모집했어요. 엄마와 아이든, 아빠와 아이든 한 팀을 구성해서 부모와 아이가 같은 책을 보도록 이끌었어요. 초등학생 부모님은 프로그램 할 때 오지 말라고 했는데, 중학생이 되어서는 다시 오게 만든 거죠. 최소한 아이들을 데리러 오게 되면 집으로 돌아가는 길에 프로그램 때 읽었던 책에 대해서 자연스레 얘기를 나누게 되죠. 처음 몇 해는 부모님도 같이 읽고 글쓰자고 강제하다가 나중에는 안 했어요. 대신 그동안 읽은 책의 주제와 관련된 강의를 진행할 때는 꼭 오라고 했죠. 아이들이 발표하는 수료식 때도요. 같이 떡도 먹으며 책거리를 했어요.

초등학교 때는 친구와 함께 '책읽기'였는데, 중학교에서는 '인문학'이 되었네요. '인문학'이라는 말을 쓸 때 고민되는 점은 없었나요? 세간에 유행하는 말이라, 의도와 달리 해석될까 봐 조심스럽기도 했을 것 같아요.

사람들 오게 하려고 일부러 그렇게 지었어요. 부모 강좌 때 '우리 아이 어떻게 교육할 것인가', '음악교육, 미술교육 어떻게 할 것인가', 이런 식으로 제목을 달고 내용은 대안적인 교육으로 안내한 것과 같은 방식이죠. 당시 '인문학'이라는 말이 한창 유행이었으니 그 말에 혹해서 더 많이 오게끔 의도했어요. 입시에 도움이라도 될까 하는 마음에 사람들이 모여들었던 것 같아요. 게다가 <책과 아이들>에서 운영하는 프로그램은 제 피부에 와 닿아 만든 것이어서인지 같은 상황에 놓인 사람들과 함께 해결하고자 해서인지 호응이 좋아요.

한번은 신문사에서 주최한 토론회에서 부산에 있는 어떤 교수님을 만났는데, 책방이라는 공간을 무시하면서 저 들으란 듯이 말하더라고요. 개나 소나 인문학 한다고요. 인문학은 대학에서 하는 거라더군요. 속으로 쓴웃음을 삼켰어요. 저는 우리 사회에서 필요한 것들을 알아가고 실천하는 게 인문학이라고 생각해요. 아이들과 수업 주제를 짤 때도 늘 생각하는 부분이에요.

청소년들과 함께 프로그램을 하는 게 어렵지는 않았나요. 사춘기라 질풍노도의 시기를 보내는 친구들도 없지 않았을 것 같은데요.

있었지요. 그래도 의외로 '진지한 접근'에 호기심을 일으키는 시기가 사춘기이기도 해요. 첫해부터 여러 팀이 참여했어요. 1년 동안 읽을 12달 12권의 주제 도서를 정한 뒤 책을 집필한 교수 12명을 강사로 섭외하고, 철학을 전공한 안미란 작가님을 멘토로 초대했어요. 안미란 작가님의 도움 덕분에 자신감을 얻고 다음해부터는 제가 멘토까지 맡을 수 있었죠. 매월 강사를 모셨기 때문에 비용이 많이 든데다 중도하차도 막아보려고 첫해에는 참가자에게 1년치 회비를 미리 받았어요. 강사료에 12권 책값을 합치니 꽤 큰 금액이더군요. 제대로 해보자 싶어 주제 도서를 출간했던 사계절출판사도 섭외하고 《국제신문》에도 홍보를 부탁하는 등 협업을 했어요. 출판사 쪽에서 '에이, 이게 되겠나.' 했대요. 12달 12권의 책이라는 호흡이 너무 기니까요. 여러 해 뒤에 우연히 사계절에 계신 분을 만났는데 그때 일을 기억하고 있더라고요. 이런 기획이 실현 가능한가에서부터 할 것인가 말 것인가 설왕설래 했는데 '와, 결국 해냈다.' 하면서요.

첫해에 서양 철학 위주의 책만 다룬 것 같아 이듬해에는 동양이나 한국철학을 공부했는데 여전히 답답했어요. 그 다음해에는 현실 문제에 초점을 맞춰보자 싶었어요. 철학과 현실을 연계하는 게 좋겠다 싶어 평전을 읽고 그 인물의 실천과 이어지는 현실 문제를 다룬 책을 병행했어요. 제 판단으로는 평전 읽기가 청소년 눈높이에 제일 적절했어요. 대체로 분량도 많고 호흡이 길긴 하지만 그 시기에 읽기 좋은 것 같아요. 의료, 교육, 환경, 노동, 인권, 핵 문제를 다 다룰 수 있더라고요. 그런 주제와 관련된 인물들을 찾아보면 좋은 모델이 꼭 있어요. 한 달 동안 평전의 주인공과 해당 주제의 단행본을 같이 읽으면서 실천적인 이야기를 나눴어요.

중학생들이 평전을 읽는다니 멋지네요. 요즘은 진로 교육이라고 해서 직업을 기능적으로 파고드는 쪽으로 접근하던데 〈책과아이들〉에서는 어떻게 풀어나갔는지 궁금하네요.

인문학 모임 3회 때 제목이 '평전을 읽다. 꿈꾸다'였어요. 장기려 평전과 함께 『세상을 뒤집는 의사들』을 함께 읽었어요. 그러다 보면 현재 의료문제를 살펴보게 되지요. 연제구 보건소에 계신 사공필용 선생님을 모시고 '의료의 공공성 – 대한민국은 민주공화국이다?' 강연을 들었어요. 교육문제도 채규철 선생님 평전을 읽으면서 우리나라 교육의 현실 문제를 이야기하는 식으로 프로그램을 짰어요. 진로 교육이 직업 탐색에만 한정되는 건 아니죠. 무엇을 해먹고 살까보다 어떻게 살까가 먼저겠지요. 그 후로 전반 6개월은 제가 커리큘럼을 짜고 후반 6개월은 아이들이 직접 커리큘럼을 짜고 진행하는 형태로 자리잡았어요. 수업 설문 결과에 맞춰 변화를 주며 운영해온 결과지요. 아이들이 맡은 6개월 동안에는 각 팀이 읽고 싶은 주제와 순서를 정하고 책도 직접 골라요. 책 내용 발췌, 토론하기, 강사 섭외, 공개 강좌 진행까지 직접 하죠.

과정을 마치면 공부한 내용으로 자료집을 만들고 전시하고, 발표회와 수료식까지 치러요. 그렇게 하는 가장 큰 의미는 자신이 공부한 것을 나눈다는 데 있어요. 공부를 하는 가장 큰 목적 아닐까요? 자료집 제목도 『공부하고 나누고』예요. 경쟁하자고 공부하고 사는 게 아님을 반복적인 협업 과정 동안 내면화하면 좋겠어요.

'청소년 가족과 함께 인문학을 읽다' 김슬옹 저자 강연

'청소년, 가족과 함께 인문학을 읽다' 오연호 저자 강연

스스로
만들어가는 힘

청소년들이 직접 공부할 내용을 정하는 후반부 6개월 과정에서는 분위기가
사뭇 다르겠네요. 주체성, 역동성 이런 게 대단할 것 같아요.

아이들한테 직접 주제를 정하라고 할 때부터 이미 그런 분위기가
형성되지요. 상반기 때부터 후반기 수업 주제를 염두에 두라고
계속 강조해요. 1학년들은 뭔 소린지 모르고 넘어가지만 2학년부
터는 '이번엔 뭐하지?' 하며 고민을 주고받더라고요. 3학년들은
더 진지하고요. 학년이 올라갈수록 축적되는 변화가 눈에 들어와
요. 지속적으로 해내는 힘이 점점 쌓이고 커지는 거죠. 책 읽고
발췌하는 과정이 지겨울 수 있지만 그걸 모아 자료집으로 낸다는

것도 아니까 맡은 부분은 약속을 지키고 책임을 다하려 애쓰지요. 작가 초청 행사 때도 아이들 역량이 빛나요. 한 주제에 대해 여러 책을 봤기 때문에 그중에서 누구를 초청할 지부터 결정해야 하죠. 안 오실 수 있으니까 넉넉하게 3순위까지 정해요. 그런 다음 편지나 메일을 써서 저자들에게 연락해요. 책 안 읽고 공부 안 하면 힘든 일이죠. 강연할 때 아이들이 사회도 직접 보는데 확실히 공부한 표가 나요. 공부 안 한 팀들도 함께 강연을 듣잖아요? 그때 비교해 보면 사용하는 용어부터 차이 나게 되어 있어요. 읽은 이와 안 읽은 이의 차이죠.

공부한 내용으로 5분에서 10분 정도 강연 도입부를 만드는 미션도 있어요. 몇날 며칠 하하호호 몰려다니며 작전 짜서 퀴즈를 내기도 하고 콩트도 해요. 마지막엔 지금까지 공부한 내용의 핵심을 정리해서 30분 정도 사람들 앞에서 발표도 해야 하고요. 자기들끼리 역동적으로 안 할 수 없어요.

그렇게 강연이나 전시회를 준비할 때면 애들이 수시로 작당을 합니다. 워크숍룸이 있으니 최적의 환경이죠. 끝이 안 나면 워크숍룸에서 밤을 새기도 하고, 그게 재미있어서 일을 미뤘다가 일부러 밤샘하기도 하더라고요. (웃음) 모여야 하는데 시간이 잘 안 맞으면 새벽에도 가능하다고 일러둬요. 그러면 애들은 재밌어하면서 새벽 6시에 모임 하러 오는 거죠. 맞춰서 할 마음만 있으면 어떻게든 방법은 다 있다고 알려줘요. 저는 약속한 시간에 가서 보고 틈날 때 간식 갖다주고 끼니 때 모여 있으면 밥 챙기는 정도지, 별로 개입은 안 해요. 수업 준비하느라고 내내 같이 모여서 웃고 떠들다 보니 학교가 달라도 같은 팀끼리 엄청 친해져요. 만약 제가 짠 커리큘럼으로만 진행했더라면 그렇게까지 돈독해지지는 않았을 거예요. 성인이 되어서도 계속 우정을 유지하는 경우도 있죠.

이런 과정을 통해서 학교에서보다 더 많이 배운 것 같다고 느낀 애들도 있겠네요, 그렇죠?

간혹 그렇게 말하는 애들이 있더군요. '서점에서 참 많이 배웠어요', '그땐 몰랐는데 대학 가서 알게 됐어요.' 하고. 프로그램에 참여하다 보니 일머리, 공부머리도 트이고, 어디 가서 한마디 먼저 하다보면 대장 노릇도 하는 거죠. '아이고 여기 다닐 때는 그렇게 버티더니.' 하며 속으로 웃기도 해요.

아이들이 스스로 기획을 가지고 찾아온 적도 있어요. 『검은 아이』라는 동화가 있는데 웰던프로젝트2009년 다양한 분야의 아티스트들이 '디자인과 예술을 통해 아프리카에 깨끗한 물을 선물하자'는 모토 아래 만든 모임이다. 작품 판매, 공연, 전시 수익금으로 식수펌프를 설치하거나 아프리카 아동들에게 수학책을 보급하는 등의 프로젝트를 진행하고 있다에서 가수 조동희의 노래 <검은 아이>에 이야기와 그림을 엮어 만든 책이에요. 조동희 씨와 인연이 있던 예은이가 그걸 널리 알리고 싶어 사촌, 친구들과 북콘서트를 기획해서 왔더라고요. 『검은 아이』 책도 팔고, 쿠키도 만들어 팔면서 후원금을 모았어요.

그중에 지홍이라는 아이가 있어요. 그 전해에 <책과아이들>에서 「세월호 사고로 본 대한민국 언론의 문제점과 미래」라는 논문을 발표하고 싶다고 저를 찾아왔었죠. 학교에서 논문대회를 했는데, 여기서 발표하고 싶다고 하길래 자리를 마련해줬어요. 그랬더니 이번엔 여럿이 꽤 규모가 큰 콘서트를 준비해서 온 거예요.

와, 정말 인상적이네요. 청소년들이 뭔가를 하겠다고 기획해서 <책과아이들>을 찾아온다는 게.

『검은 아이』 북콘서트 때는 다른 동네 사람들이 와 준 거라 낯설 었지만 무척 좋았어요. 책방에서 퍼뜨린 문화가 다른 동네 곳곳 에 씨를 뿌리는 기분이었거든요. 무엇보다 뿌듯했죠. 사회를 보 는 예은이랑 지홍이가 분위기 살리자고 앞에서 춤까지 춰가며 흥 을 돋웠어요. 춤 안 되는 애들이 막춤을 추며 어색해하던 표정이 어찌나 예쁘던지요.

너무 대견하고 좋아서 우리 졸업생들이 준비하는 게 있다면 언제든지 자리 내준다고 했는데 그 뒤로는 아직 없네요. 중학교 졸업 뒤에는 주도적으로 모임 준비하면 방은 언제든지 내준다, 멘토도 해주겠다 하는데 1년을 못 가죠. 대한민국 고등학생들이 바쁘잖아요. 종종 기수별로 돌아가며 얼굴 보러 오는 정도예요.

〈청소년, 가족과 함께 인문학을 읽다〉

1년 과정을 마치며

아이들 글을 새로 읽어보니 그 달 그 달 공부하며 흐르던 여러 기운들이 다시 떠오릅니다. 진지해졌다가 가벼워지고, 흥분하다 실망하고, 뭘 좀 알 것 같다 또 흔들리고 하던 전체와 개개인에 대한 기억들……

강의하는 선생님들은 중학생 앞이라, 또 섞인 연령대 앞이라 망설이고 걱정하며 강의를 열었고 어느새 진지해지기도 또 아쉽게 푹 들어가지 못한 느낌으로도 남았지요. 기획하고 진행한 사람으로 책임을 느끼며 조마조마하기도 다행스러워하기도 했습니다. 지금은 편안한 마음으로 전체과정에 후한 평가를 줍니다. 아! 좋았다.

중학생들이랑 하는 것 맞아!

20여 명 아이들이 수료 기준에 도달했습니다. 모두 같진 않지만 이 공부에서 영향을 받고 있었지요. 쑥 어른스러워진 녀석도 간혹 보여 대견스럽습니다. 이 과정이 아니라도 클 녀석이었겠지만.

그들에게도 물어보니 힘들었지만 잘한 일이라네요. 그런데 처음 좀 겁냈지만 그다지 힘들지 않았다고 하는 게 대세였습니다. 아주 꼼꼼한 녀석들은 힘들었다고 합니다. 욕심이 많은 아이들입니다. 내 목표는 아이들이 유행하는 소비적인 문화에서 벗어나 다른 질문을 품고 사는 과정을 기대했지 이 고전들을 완벽히 이해하란 것은 아니었습니다. 읽고, 이야기하고, 강연을 듣고, 질문을 가지고, 글 쓰는 과정 속에서 세월을 보내자는 것이었으니, 네 번이나 찾아온 시험 기간, 더 자주 찾아왔을 게으름의 유혹에서 꾸준히 한 것에 대견할 뿐입니다. 청소년을 둘

러싸는 또 하나의 분위기를 형성하는 일을 도운 것에 보람을 느낍니다. 그것이 가족문화로 더 깊숙이 들어가는 건 다른 욕심이지요. 아이들에게 물어보니 간혹 그런 경험들을 가지고 있었습니다. 함께 할 수 있는 방법을 더 구상해볼 일입니다. 뜻이 있으면 길이 있으니까요.

저도 이 과정 동안 많은 대가와 공부하는 사람을 만난 기분입니다. 마르크스, 하위징아, 공자, 갈릴레오, 다윈…… 아는 사람 같아요. 한 달씩 꼭 붙어 지냈거든요. 잘 모르겠는 사람은 베버네요. 베버보단 노명우 교수가 더 책 속에 있었던 거 같습니다. 아이들도 저만큼은 아니라도 ─ 아니 간혹 저보다 더 영향을 받은 아이도 있지만 ─ 그들의 말과 글에 1년 공부한 흔적이 슬쩍슬쩍 비칩니다. 함께 영화를 보든 소설을 보든 농담을 하든.

마르크스가 말하는 진정한 자유의 나라, 아리스토텔레스가 말하는 행복은 이런 것이죠. 하위징아의 놀이 정신을 놓치지 말고 노동의 이유를 제대로 자기화할 때 올 것이며, 중용을 실천해 조화를 꾀할 때 오륜의 바퀴는 잘 굴러가 그 관계 속에서 인(仁)을 만나는 것이고, 갈릴레오와 소크라테스처럼 진리 앞에 굴복하지 않는 용기와 신념이 있어야 할 겁니다. 그래야 홉스가 말하는 괴물 같은 강력한 국가보단 플라톤이 말하는 영혼의 문제를 고민하는 국가가 서겠지요. 그래야 다윈이 말하는 다양성이 증가하는 진화된 인류 사회가 될 겁니다, 하고 말장난들을 늘어놓습니다.

시대를 초월해서 찾아와준 대가들, 먼 길을 마다 않고 어린 우리들에게 찾아와준 이 시대의 선생님들, 감사합니다. 그리고 이 과정 동안 늘 애써준 사계절 출판사분들, 《국제신문》 담당 기자분들, 안미란 선생님, 우리 식구들 모두 수고했고 감사하는 마음을 전합니다.

근데 또 시작이에요! 함께 하시죠! 재밌잖아요.

누구에게나
논술이 필요할까?

청소년들과 프로그램을 하다 보면 논술에 대한 요구도 꽤 있었을 것 같은데요.

고등학교 가서 논술을 별도로 지도해 달라고 부탁하는 경우도 있었어요. 그럴 땐 "글 써서 들고 오면 읽어볼게." 정도로만 답했어요. 논술 지도는 안 한다고 했지요. 논술이 생길 때부터 막연히 이건 아니다 싶었는데, 나중에는 아예 1년간 논술지도사 과정을 밟았어요. 논술 지도의 문제점을 파악하려고요. 업계 상황도 모르면서 부모들에게 논술 교육을 지양하라고 상담할 수는 없는 노릇이니까 제 나름의 답이 필요했어요.

당시 수업을 지도했던 교수님도, 함께 공부했던 동료들도 초등부터 논술 논술 하는 분위기엔 문제가 많다는 생각을 가지고 있었어요. 그나마 우리는 독서가 중심이 되도록 수업안을 고민하고 자신이 처한 사회를 읽어낼 수 있는 인문, 철학 도서를 알아가는 기초를 닦았지요. 과정이 끝나고도 우리 조는 여러 해 같이 독서했어요. 저는 40대였고 우리 조원은 모두 2~30대여서 당시 88만원 세대에 대한 이해를 높일 수 있었지요.

아이들이 책 읽고, 느끼고, 에세이를 쓰게 권할 시기에 주장하고 논지를 펴야 하는 공부를 먼저 시키니 순서가 잘못되었다 싶어요. 필요하다면 고3 즈음 보충 공부하면 모를까, 연령대가 점점 낮아져 중학생은 물론이고 초등학생, 유아까지 논술 운운하는 건 말이 안 돼요. 논술 시험 때문에 그렇게 되는 거죠. 요즘은 대학 입시가 바뀌면서 논술 타령이 덜하지만 여전한 감이 있어요. 지금은 일부 학생들에게 논술 시험이 적용되는 걸로 아는데, 내 아이도 당연히 거기 속할 거라 생각하고 어려서부터 미리 준비시키죠.

자기 논리를 세워 주장하고 반박할 줄 아는 힘은 있어야지요. 하지만 그에 앞서 깊이 읽고 느끼고 경청하고 생각하는 시간이 누적되어야 해요. 감성 다 버릴 수 있으니 섣부르게 논술하지 말라고 자주 말해요. 논술을 목적으로 한 독서는 책에 재미 붙이기 힘들거든요. 진짜 독자가 되지 않는 거죠. 결국 책 읽는 사람 되자고 독서 모임 하는 건데 말이죠.

독서는 정말 꾸준해야 해요. 끝이 없죠. 그런데 초등학교 때 책을 미리 읽어두고 중학교 가면 교과 공부에만 집중해야 된다는 공식을 가진 분이 많아요. 이마저도 자꾸 연령이 낮아져 유아기에 읽히고 초등학교 가서 학교 공부 시키고요. 유아 때 책을 읽어주는 이유는 조기교육을 위해서가 아니에요. 양육자와의 교감이죠. 그 좋은 기억이 바탕이 되어 평생 책을 손에 쥐는 사람이 되고 점점 독서 수준이 심화되는 거예요. 논술 얘기하면 잘 흥분하게 되는데 그래도 저희를 지지하는 분들이 있어 여태 아이들 모임을 잘 유지했지요.

우리 독서교육은 평생 읽는 습관 붙이자는 거예요. 그래서 저는 패턴화된 독서 지도를 싫어합니다. 그렇게 하면 쉽겠지요. 저는 지금도 책 읽고 백지 주고 자기 글쓰기 하자고 해요. 자기 말로 쓰는 정직한 글쓰기요. '저흰 논술과 토론이 중심이 아닙니다.' 하면 호불호가 갈리곤 하지만, 글쓰기 자체는 꾸준히 해요. 책을 더 잘 읽어낼 수 있고 자기 삶을 가꾸는 글쓰기는 꾸준히 권한답니다. 논술에서 얻은 건 2,000자 논술 용지예요. 그건 참 좋아요. 글쓰기와 책읽기라는 가장 오래된 공부 방법, 이보다 좋은 건 아직 모르겠어요.

얘들아,
탈핵 운동하러 가자

'청소년 인문학' 할 때 아이들이 사회 이슈와 연결시켜 주제를 선택하다 보면 배운 걸 실천할 기회도 있었을 것 같아요.

탈핵 문제가 먼저 떠오르네요. 기장 원전 문제가 심각했잖아요. 마침 청소년 독서 모임 때 '탈핵'을 주제로 한 팀이 있어서 부산에 너지정의행동 활동가 정수희 선생님을 초대해 강연을 열었죠. 그렇게 인연이 닿은 뒤로 청소년이 참여해야 할 일이 생기면 선생님이 먼저 제안을 하기도 했어요. 서점에서 탈핵 서명 받고, 탈핵 메시지를 써서 인증샷을 찍기도 했어요. 책방에 오는 분은 다 부산 사람들이니까 모두에게 참여를 권했죠.

청소년 인문학 프로그램에 강사로 초빙한 분과 이후에 활동으로 연결된 경우네요. 탈핵 외에 또 관심 갖게 된 주제가 있었나요?

기후 위기라든지, 코로나 감염 문제라든지, 자본주의와 다국적 기업의 문제라든지 이런 것들을 좀 공부했으면 좋겠다 싶었는데 아이들도 마침 그런 책을 고르더군요. 주제를 정할 때 저는 입도 뻥긋 안 하는 편이거든요. 각자 공부하고 싶은 걸 자유롭게 적어낸 뒤 만장일치로 정해요. 아닌 것부터 하나씩 지워나가다 마지막까지 남은 걸로 정하는 거죠. 그래야 불만 없이 다 같이 공부하거든요.

예전에는 탈핵이라든지 평화, 인권 문제, 위안부 문제 들이 많이 나왔어요. 요즘은 피부로 절실하게 느끼는 사회 문제에 아이들 관심이 자연스럽게 옮겨가고 있어요. 기후 위기, 코로나 같은 주제들 말이에요. 그러니까 애들한테 제가 강요해서 탈핵 운동하러 가자, 평화 운동하러 가자 한 게 아니고 공부와 연결이 되어서 자연스럽게 강의도 듣고 외부 활동도 하게 된 거예요.

탈핵 운동에 대해 좀 더 이야기를 들어볼까요?

청소년들이 탈핵 선언문을 만들어 기자회견을 한 적도 있어요. 아이들이 의견을 모아서 만든 선언문을 수희 샘과 제가 하나하나 읽어가며 문장을 다듬었죠.

제가 〈책과아이들〉을 모를 때였는데, 해운대에 라이딩 나갔다가 우연히 기자회견 하는 걸 봤거든요. 청소년들이 저런 걸 다하네, 우와 멋지다 하고 감탄했지만 다가가기엔 좀 머쓱해서 먼발치에서 바라보기만 했어요. (웃음)

<책과아이들>, 우다다학교, 온새미학교, YMCA에서 활동하는 청소년 등 30여 명이 모여 해운대해수욕장 중앙공원에서 기자회견을 열었는데 기자들이 너무 적게 와서 좀 실망했죠. 그래서 연대 서명부터 받자 했는데 사람들이 안 해주려고 하더래요. 책방에서 같은 생각을 가진 친구들만 만나다가 막상 나가보니 그게 아니었던 거죠. (웃음)

탈핵 선언문 발표를 시작으로 청소년도 전국 규모로 탈핵 운동을 넓혀갔으면 한 거예요. 서면에서 시위를 한 적도 몇 번 있어

요. 고리 1호기 폐쇄하고 신고리 5·6호기 인가할 때 엄청 우스운 꼴로 통과시켰잖아요. 우리가 그 회의록을 전부 뒤져 콩트를 만들어서 집회 현장에 나갔죠.

회의록으로 콩트를 만드셨다고요?

정수희 선생님한테 연락이 온 거예요. 5·6호기 인가가 났는데, 청소년들이 서면에 나가서 발언해줬으면 좋겠다고요. 근데 탈핵 선언문 작성을 주도했던 아이들은 졸업했고, 후배들은 당시 탈핵 공부를 야무지게 한 팀이 없었어요. 어떡하지 하다가 결국 고1 올라간 아이들한테 문자를 넣었어요. "얘들아 5·6호기가 인가났대." 하니까 애들이 "예?" 하면서 그날 저녁에 달려온 거예요. 얼마나 고맙던지. 고등학교 2, 3학년만 되어도 힘들었을 건데 아직 1학년이니까 쫓아와서는 우리가 뭐라도 해보자 하면서 머리를 맞대고 밤중에 아이디어를 모았죠. 원자력안전위원회 사이트에 들어가보니까 5·6호기 인가를 결정한 그 어이없는 최종 회의록이 있더라고요. 그걸로 콩트를 만들어보자 한 거예요. 최종 회의에 참가한 사람들을 실명으로 무대에 올려서요. 고1 녀석들도 몇 번 모여 준비하고, 중1 가운데 관련 공부를 좀 했던 아이들도 같이 했죠.

그때 애들이 모여준 게 얼마나 고마웠던지. 책 읽으며 공부했던 주제니까 가능했죠. 그런 상식이 없다면 제 맘대로 참가시킬 순 없는 일이잖아요. 그 뒤에는 부산탈핵위원회가 조직되어 탈핵 운동이 이어지고 있어요. 한살림이 만드는 월간지 『살림 이야기』 2014년 12월호에 당시 청소년들의 탈핵 운동이 잘 정리돼 실려 있어요.

'신고리 5·6호기 건설승인 규탄대회'에서 콩트를 선보이고 있는 학생들

독서캠프
1박 2일

세이레가 20여 일간 시간을 내어 책 읽는 프로그램이라면 독서캠프 1박 2일
은 비록 짧은 시간이지만 함께 먹고 자고 부대끼면서 진하게 책을 만나보는
프로그램 같아요. 언제부터 시작하셨나요?

독서캠프에 붙인 이름이 '1박 2일'이었어요. 모집을 하니 애들이
너무 많이 와서 무슨 일인가 싶었죠. 알고 보니까 TV프로그램
1박 2일이 인기를 끌어서 그런 재미를 기대한 거였어요. TV를 잘
안 봐서 몰랐거든요. 우리가 기획한 1박 2일 독서캠프도 엄청 재
미있긴 했죠. 한편으로는 제가 욕심이 많았는지 프로그램을 빡
빡하게 짜서 애들이 힘들었나 봐요. 애들 사이에서 유명했어요.

<책과아이들> 1박 2일 가면 그거 노는 거 아니대이, 진짜 힘들 대이 하면서요.

처음 시작한 건 2011년이네요. 우리 옛이야기 할머니가 평소 기록을 열심히 하시는 분이거든요. "나 이번에 2,000회다." 어느 날 이러시는 거예요. 기념해 드리려고 서점에서 할머니와 1박 2일 옛이야기 캠프를 했어요. 그동안 옛이야기 들려주셔서 고맙다고 케이크도 자르고요. 해보니까 너무 재미있어서 "우리 1박 2일 계속하자." 한 거예요. 이 무렵 다른 프로그램들이 소강 상태가 되면서 서점 운영 경비도 필요했거든요. 1박 2일 행사가 수익이 좀 나더라고요. 서점에서 잠을 자니까 숙박비가 따로 안 들기도 했고, 밥도 옛이야기 할머니와 제가 다 해먹였거든요. 사람 안 쓰고 몸으로 때워가면서 남긴 거죠. 행사 사회 보다가 애들 살폈다가 밥 하느라 분주했어요. 함께 생활하는 프로그램에서는 애들이 심리적인 문제에 부딪히고 예민할 때가 있어 촉각을 곤두세우게 돼요. 싸우는 애들 말리고, 오줌 싼 애 뒤치다꺼리 하고. 제법 큰 애도 자다가 오줌 싸는 경우가 있는데 자존심 상할 수 있으니까 물 흘린 것처럼 꾸며놓고는 "아이고 이게 왜 여기 다 쏟아졌노." 하면서 둘러대기도 했죠.

제일 인기 있었던 캠프는 '추리동화와 2박 3일'이었어요. 아이들이 추리동화를 무척 좋아하니까 관련 영화 보고『플루토 비밀결사대』를 쓴 한정기 선생님과의 만남을 갖고 부산 추리문학관과 김성종 선생님에 대해서도 알아보았지요. 캠프의 최종 목표가 다양한 놀이를 하는 동안 각자 추리동화를 한 편씩 써내는 거였는데, 제가 만든 10단계 추리 게임에 애들이 미친 듯이 몰두했어요. 예를 들어 첫 번째 단계는 종이에 양초 같은 걸 비춰야 다음 단계로 갈 단서가 보이는 식이죠. 단계가 올라갈수록 점점 어려워져요. 추리동화 많이 본 애들은 백지만 보고도 금세 감을 잡고 열광했어요.

어느 순간 마당에 나가야 단서를 찾을 수 있는 단계까지 왔는데 밤 8시가 되어 이미 깜깜해진 거예요. 늦은 시간에는 위험하니까 밖에 나가지 말라고 현관문을 잠가 버리거든요. 그랬더니 애들이 문 앞에 줄을 서가지고 마당에 나가야 된다, 마당에 뭐가 있다 난리가 났어요. 우리가 오늘은 끝났으니 내일 아침에 해라 그랬죠. 다음 날 원래 6시 기상인데 아이들이 새벽 5시부터 일어나서 줄을 서 있는 거예요. (웃음) 그만큼 열기가 대단했어요.

또 안미란 선생님과 '정의란 무엇인가'를 주제로 캠프를 한 적이 있어요. 『어린이를 위한 정의란 무엇인가』를 읽고 역할극을 하는 프로그램이었어요. 마이클 샌델의 『정의란 무엇인가』를 어린이용으로 요약한 게 아니라 완전히 새로운 내용인데 전 이 책이 더 좋더군요. 8가지 에피소드를 가지고 연극배우를 멘토로 모셔 팀별로 연극을 했어요. 정의를 체화하게 하고 싶었죠.

'부산 옛이야기 그림책 만들기' 캠프는 주영택 선생님, 이혜란 작가와 함께 했어요. 주영택 선생님과 부산을 답사하며 현장에 얽힌 옛이야기를 들은 뒤 이혜란 작가와 함께 그림책을 만들었어요. 주영택 선생님 댁에 가니까 방 2개와 다락을 '가마골향토역사연구원'으로 꾸몄는데 책이 어마어마하게 쌓여 있었어요. 누가 자금을 대주는 게 아니니까 집 공간 일부를 연구소로 쓰고 계셨죠. 캠프 때 상영하려고 우리가 그곳을 취재해서 영상으로 만들어 놓았어요. 지금은 아파트 짓는다고 그 주택가가 다 없어져 버렸지요.

풀꽃지기 이영득 작가와 '내 주변 자연과 놀기' 캠프도 했어요. 선생님 말씀을 들어보니 서점 마당에 있는 풀이 거의 다 먹을거리더라고요. 마당에서 채취한 풀과 대나무로 점심 때 대통밥을 해먹기도 하고 교대에 가서 풀을 관찰하기도 했어요. 동네에 있는 풀부터 알자, 멀리 산에 갈 필요 없이 이곳에 있는 풀꽃으로 할 수 있는 활동을 해보자는 취지였죠.

정말 다양한 주제로 캠프를 운영하셨네요.

처음에는 거의 제 머릿속에서 나왔지만 나중에는 책방 선생님들도 제안했어요. 이런 거 한번 해봅시다 해서 재미있겠다 싶으면 그냥 하는 거예요. 요즘은 일이 무서워 한참을 못했는데 2017년까지 18차례를 하는 동안 한 번도 똑같은 주제가 없더군요. 같은 거 하면 우리가 재미없어서요. 그랬더니 한 번 왔던 아이들도 계속 캠프에 오고 자기들끼리 친해져요.

그래도 과제는 딱딱 내줬어요. 예를 들어 '시노래 캠프'에서는 "자, 몇 시까지 시를 적어내면 됩니다. 그다음 몇 시까지 그걸로 작곡해서 내면 됩니다." 이런 식이죠. 그러면 빨리 해치우고 노는 애가 있고 그걸 붙잡고 오랫동안 하는 애도 있어요. 그건 자유예요. 언제까지 하라는 건 있어도 얼마 동안 하라는 건 없으니.

주제에 집중하는 시간 외에는 아이들끼리 참 많이 놀았어요. 독서 환경 마련하듯 아이들이 놀 수 있는 여건을 조성했어요. 아

침에 일어나면 교대 운동장으로 달려가 축구를 한 판 하고, 탁구
대나 배드민턴 채 같은 걸 놔두면 땀 뻘뻘 흘려가며 마당서 놀더
군요. 문 열고 나가면 마당이니까 준비된 곳이죠. "1박 2일이니까
하루 정도는 잠 안 자도 돼." 하면서 캠프 주제랑 관련된 좋은 영
화를 골라 틀어주면 늦게까지 영화도 보고요, 방방마다 흩어져
자기도 하고 시끄럽게 놀기도 하고. 서점 공간이 캠프하기 적당
해서 좋은 경험을 많이 했어요.

'독서와 요리만 한다'고 내건 독서요리캠프도 기억에 남네요.
1박 2일 동안 조를 짜서 매끼 밥을 해먹어야 했어요. 오자마자 첫
끼가 점심으로 김밥 싸서 먹기였어요. 계속 미션을 주며 진행했
는데 마지막은 엄마에게 줄 레몬차 만들기였어요. 캠프 마칠 무
렵 아이들이 우리 엄마 정말 힘들겠다 하더군요. 메뉴 고민해서
장 보고 밥 해 먹고 돌아서면 또 밥 때인 걸 몸소 체감한 거죠.
애들이 미션을 완수한 것도 기특했지만, 굳이 말하지 않아도 스
스로 그걸 느꼈다는 데 감동했어요.

함께 볼 영상
<가마골향토역사연구원에 놀러가다>

서점 운영의 뿌리를 다져준
'한 반 나들이'

최근 들어서 한 반 나들이 프로그램이 활발히 진행되고 있다고 들었어요.

부모가 서점에 데리고 오는 아이들은 그래도 여건이 괜찮은 편이라는 생각이 어느 순간 들었어요. 아이들이 갈 만한 서점 자체가 워낙 없기도 하지만 부모와 책방에 못 오는 아이들이 많아요. 게다가 당시에 인터넷 서점이 워낙 강세여서 서점이라는 곳 자체를 모르기도 했어요. 서점이라고 하면 당연히 인터넷, 온라인을 떠올리고 책방에 한 번도 안 와본 아이들이 많았어요. 서점에 다녔던 제 어릴 적 추억을 떠올리면서 아이들에게 서점에 방문하는 경험을 만들어줘야겠다는 생각이 들었어요. 책방 프로그램은 충분히 있으니, 혼자 서점에 오지 못하는 아이들의 경우 학교나 유치원에서 교사 인솔하에 단체로 오면 되지 않겠나 싶었죠. 그렇게 해서 '한 반 아이들이 오는 서점 나들이,' 줄여서 '한 반 나들이'가 만들어졌어요. 당시 책방 소식지를 2천 부씩 찍었는데, 한 반 나들이로 왔던 아이들이 집으로 돌아갈 때 한 장씩 가져갔어요. 그걸 부모들이 보기도 하니까 다녀간 아이들 100명 중 1명 정도는 부모와 함께 다시 오더라고요. 서점 환경에 홀딱 반한 아이들이 자기 부모를 데리고 와서는 이곳저곳 직접 안내하는 거예요. 원래는 부모가 형편이 안 되는 아이들을 위해서 한 반 나들이를 만든 건데, 여력은 있지만 책에 기호가 없는 부모들까지 책방으로 끌어들이게 된 거죠. 그럴 때 기분이 제일 좋았어요.

반응이 어땠나요? 말하자면 현장 체험학습 같은 거라, 일선 교육현장에서는 좋아했을 것 같은데요.

초창기에는 예약이 미미하다가 갈수록 소문이 나서 많이 왔죠. 지금 자리로 이전한 뒤로는 책방 규모가 크다 보니 신청이 더 많아졌어요. 서서히 꾸준하게 했지 결코 단숨에 성장한 건 아니에요.

주 대상은 영유아, 초등학생인데 중등, 심지어 대학생까지 왔어요. 유아교육과 교수들이 우리 서점 방문을 과제로 내주셨던 거죠. 교수진 중에 한 분이 유치원 원장이었는데, 학생들이 어린이 서점, 어린이 문학을 알아야 한다며 저에게 한 강의씩 맡기기도 했어요. 그렇게 1년에 두 번은 유아교육과 대학생들이 강의를 들으러 왔어요. 교수님들이 학생들을 현장에 보내서 그림책이나 동화에 입문시키려 하신 거죠. 학생들도 이 방면에 관심이 있고 전공도 하다 보니 호응이 좋았죠. 같은 프로그램을 진행해도 크게 감동하는 경우가 많았어요. 중고등학교 국어 선생님들이 아이들에게 어린이 문학을 알려주고 싶다고 기획해서 오기도 했어요.

지금까지 얼마나 다녀갔어요?

2002년에 시작해서 2017년까지 집계한 바로는 3,000회가 넘어요. 9만여 명이 한 반 나들이에 다녀갔어요. 유명해지다 보니 울산 중구청 직원들, 대구 사서교사모임 등 부산 외의 지역에서도 꽤 신청했어요. 밀양의 시골학교 선생님도 생각나네요. 글쓰기연구회를 하면서 아이들과 책을 내기도 한 분인데 관광버스를 대절

해서 매년 아이들을 데리고 오셨죠. 일찌감치 우리 서점을 발견하고 좋아해주신 분이었어요. 시간이 지나서는 한 반 나들이가 다른 지역으로도 보급됐어요. 다른 서점, 도서관이 본떠서 나름의 프로그램으로 만들기도 했고, 대전에 있는 한 서점에서도 더 발전시켰어요. 한 반 나들이라는 이름을 써도 되겠냐고 해서 얼마든지 쓰라고 했죠.

프로그램이 인기 있어서 서점 운영에도 많이 도움이 되었겠어요.

한 반 나들이는 우리 책방의 뿌리가 되어줬어요. 서점 홍보 역할을 톡톡히 했지요. 처음에는 무료였다가 나중에는 유료로 전환했어요. 유료라지만 아주 저렴하게 하다 형편을 봐서 한 번 더 조정했고요. 한 사람 인건비쯤은 감당해 주더라고요. 꾸준히 성장해서 2020년에는 최고점을 찍겠다 싶었어요. 그러면 두 사람 인건비도 될 것 같아서 일할 선생님 한 분을 더 뽑는데, 코로나19로 일정이 줄줄이 취소되어 곤란해졌죠. 돌이켜보면 다양한 프로그램들이 돌아가면서 서점을 먹여 살린 것 같아요. 어떤 프로그램을 개발했다고 해서, 그게 계속해서 잘 되는 건 아니에요. 2007

년 도서정가제가 무너졌을 때는 독서 캠프를 열심히 해서 비용을 마련하기도 하고, 세이레 책읽기로 회비를 받기도 하고, 그런 식으로 운영을 이어왔죠.

출장 섭외도 많이 왔다고 들었어요.

네, 서점 안에서만 하지 않고 학교에 출장 나가기도 해요. 책 한 권을 온전히 다 읽어준다는 것에 방점을 찍은 '온북읽기'라는 팀명으로 주로 활동하지요. 일선 학교에서는 '온책읽기'라고 부르기도 해요. 교과서에서 책을 발췌해 일부만 보여주는 것을 반성하면서 시작된 운동이죠. 장비를 다루는 기술자 아저씨, 사회자, 옛이야기 할머니, 책 읽어주고 음악 담당하는 책방 선생님 두 분 이렇게 다섯 명이 나가곤 했어요. 제가 바쁘거나 아플 때는 네 명이 나가 책방 선생님 중 한 명이 사회를 겸하고요. 선생님들 일정이 안 맞으면 그동안 우리 책방에서 경험 쌓은 분들 일정을 여쭤어서 새로운 팀을 꾸리기도 하죠. 서점에서 하는 게 훨씬 효과가 있지만 출장 한 반 나들이도 예상 외로 아이들의 집중도가 높아서 꽤 기분 좋게 서점으로 돌아오곤 해요.

한반 나들이

그림책 원화 전시는
책으로 들어가는 통로

〈책과아이들〉에서는 책과 연결된 다양한 예술 활동을 펼치고 있는데요, 그중에서도 원화 전시 쪽에 관심이 가더라고요. 공공도서관에서 하는 원화전도 실은 아트 프린트인 경우가 대부분인데, 〈책과아이들〉은 원화와 입체물 등을 전시해서 깜짝 놀랐어요. 5층 평심 갤러리 이야기를 좀 들어볼까요?

그림책은 그림과 문학, 기획 및 편집이 어우러져 한 권의 책으로 완성되는 종합예술이라고 할 수 있죠. 저에게는 그중에서도 그림이 좀 더 크게 다가왔고요. 그런데 우리나라 인쇄 환경이라든지 여러 사정 때문에 원화의 색감이 책에서는 제대로 살지 않는 것이 늘 안타까웠어요. 출판사에서 독자들과 나누라고 보내주는 아트 포스터만 해도 책에 실린 것보다는 훨씬 좋거든요.

갤러리에서 원화를 감상하면 아이들의 심미안을 좀 더 높이지 않을까 생각했어요. 입체로 된 원화들을 예로 들 수 있겠네요. 최향랑 작가의 꽃 누르미 작품은 굉장히 입체적인데 그림책에서는 많은 부분 표현이 안 되잖아요. 그런데 실제로 작품을 보면 나중에 그림책으로 볼 때 그 느낌이 되살아나는 거예요. 원화를 보고 나서 그림책을 보는 것과 원화를 보지 않고 그림책만 보는 것은 느낌이 다르더군요. 그래서 원화전을 하는 의미가 크다고 생각해요.

또 아이들은 원화를 보면서 '아, 원래 인쇄물로 있던 게 아니라 그림을 책으로 만드는 거구나.' 하는 걸 느낄 수 있어요. 그러다 '나도 책을 만들 수 있겠다.' 하는 꿈을 꿀 수도 있고요. 어린 아이에게는 생생한 첫 경험이 될 수도 있는 순간이에요.

한 반 나들이 프로그램으로 유아들이 전시장에 오면 선생님들 일손이 모자라 제가 아이들을 돌보기도 해요. 그림에 별 관심이 없고 시끄럽게 막 뛰어노는 아이들 옆에서 그림책을 읽어줘요. 그러면 너무 좋아하면서 듣죠. 그러고 나면 방금까지 산만했던 아이들이 일어나서 그림을 살펴보기도 해요. 후딱 돌아보기도 하지만 손가락으로 짚으며 하나하나 보는 아이들을 만날 때면 이 일이 더 좋아지죠.

지난번에 갤러리를 꼼꼼히 둘러본 적이 있는데 입구에 놓여 있는 스크랩 자료가 인상적이었어요. 지금까지 진행된 전시 포스터를 모아 놓으셨더라고요. 횟수가 꽤 많아서 놀랐고, 이렇게 좋은 전시 공간을 너무 늦게 알게 되어 아쉽고 그랬어요.

첫 번째 전시는 2012년 김용철 선생님 작품으로 했어요. 선생님은 양구 출신이신데 박수근을 좋아해서 그분의 이야기를 담아낸 『꿈꾸는 징검돌』을 출간하셨어요. 박수근의 어린 시절을 점묘법으로 그렸고, 김용철 선생님의 어린 시절과 오버랩 되는 장면을 그리기도 하셨죠. 어느 날 우리가 양구에 가서 선생님을 만나자, 박수근 미술관도 가자, 이런 계획을 짜서 아이들을 모아 여름 캠핑을 갔어요. 선생님께 전시회를 제안하려고 이원수 선생님의 <우리 어머니>라는 노래에 박수근 작품을 넣어 영상도 만들었어요. 작가를 어떻게 섭외해야 될지 몰라, 영상으로 공감대를 만들려고 노력한 거죠.

섭외에 응해주셔서 그해 가을 책방에서 전시를 열었어요. 선생님도 다녀가셨고요. 전시를 마친 뒤 작품을 포장해서 다시 양구로 보내는데 그 무렵 눈이 어마어마하게 왔어요. 그림을 가져간 택배사가 가파른 선생님 작업실에 올라가지 못해서 도로 돌아와야 했죠. 맙소사! 그 그림들을 눈이 다 녹을 때까지 택배 창고에 넣어 놓는다지 뭐예요. 눈이 녹는 한 달여 동안 얼마나 가슴을 졸였던지. 결국 유리가 한 장 깨지긴 했지만 그림은 손상 없이 무사히 반납했어요. 첫 전시에 이런 해프닝까지 있어서 기억에 오래오래 남아요. 원화 전시는 이렇게 민감한 지점들이 있어 진행하기 힘들긴 해요. 초창기에는 저희 부부가 직접 그림을 가져오고, 전시 후 가져다주곤 했어요. 차도 큰 걸로 바꾸면서 대부분 우리가 직접 했죠. 요즘은 전문 업체를 원하는 작가들이 있어 주로 그런 곳을 이용해요.

원화의 향기가 짙었던 전시는 『그 꿈들』이었어요. 박기범 작가가 이라크 전쟁 때 현지에서 겪은 이야기에 김종숙 작가가 그림을 그린 책이에요. 김종숙 선생님은 당시 아프신 와중에 강원도에서 일을 하고 있어 직접 뵙지는 못했어요. 커다란 유화 작품들이었어요. 칠판만 한 것도 있었고 그 반만 한 것도 있었는데,

갤러리가 유화 향기로 꽉 차면서 그 느낌이 정말 좋았어요. 이렇게 본격적인 유화가 우리한테 올 기회는 드물어서 귀한 인연이라 느꼈어요. 그림이 큰 데다 액자를 할 수 없는 형편이어서 작품을 보호하느라 전시 라인을 구입하기도 했지요.

〈김중석전 – 나오니까 좋다〉 전시 모습

회원들과 함께
공부하며 준비한 기획 전시

원화전 외에도 여러 기획 전시를 하시던데 소개 부탁드려요.

주영택 선생님이 『주영택이 발로 찾은 부산의 전설 보따리』를 냈을 때 전시를 한 적이 있어요. 원화가 있는 책이 아니니까 전시물을 직접 찾고 제작해야 했죠. 책 속 이야기에 등장하는 부산의 장소들을 지도에 표시하고 선생님께 관련 사진을 부탁드리기도 했어요. 선생님은 부산 곳곳을 다니면서 직접 사진도 찍으셨거든요.

기획 전시 중에서는 <이오덕전>이 기억에 가장 많이 남아요. 이오덕 선생님의 뜻에 많이 기대고 있는 서점이라 회원들과 공부하면서 전시를 함께 준비했어요. 공부했던 시나 인용구를 뽑고, 이오덕 선생님 시는 노래로도 많이 만들어져 있어서 공연도 했어요. 마침 <이오덕전>을 할 무렵 선생님의 일기가 다섯 권의 책으로 출간되어서, 책에 실린 일기나 편지를 뽑아서 낭송을 하기도 했어요. 이오덕 모임에서는 '이오덕 선생님께 배운다'라는 부대 행사를 만들었죠. 출판사와 연결해서 이오덕 사진전도 하고요.

이오덕 선생님 사진 중에 원고와 책에서 잘못된 것들을 꼼꼼하게 찾아내어 표시해둔 장면이 있어요. 책이 높다랗게 쌓여 있는데 포스트잇이 빼곡하게 붙어 있죠. 선생님의 성실성에 감동할 만한 그런 사진이었어요. 그렇게 작업하는 사람을 본 적이 거의 없었기 때문인지 사진을 보던 한 여고생이 눈물을 뚝뚝 흘리기도 했어요.

사실 <이오덕전>은 아이들 눈높이에 안 맞아서인지 일곱 번째 전시였는데도 다른 전시에 비해 찾아오는 사람이 적었어요. 원화를 빌려서 거는 전시보다 훨씬 더 많은 품을 들였는데 말이죠. 큰 액자 사진만 출판사의 도움을 받고 나머지는 오랜 시간 함께 공부하면서 회원들이 직접 준비했는데 애쓴 것에 비해 관람객이 적어서 좀 슬펐어요. 지금 생각하면 그 전시는 관객을 위한 것이라기보다 회원들과 함께 준비하며 공부를 심화하는 과정이었던 것 같아요. 그 결과물만으로 만족할 수 있었는데 어리석게도 당시에는 보여주고 싶었던 마음이 더 컸던 것 같아요.

전시에는 어른뿐만 아니라 아이들도 참여했어요. 책방에 오는 아이들을 모아 시를 읽어주고, 빈 공간에 아이들이 각자 좋아하는 시를 골라 써 붙이기도 했고요. 그런 건 오랫동안 읽지 않으면 할 수 없는 일이죠. 이오덕 선생님 책을 전시해 놓고 회원 가족들이 거의 다 읽었어요. 그래서 사람들이 너무 적게 온 게 섭섭했는데, 앞서 말한 학생이 선생님 사진 앞에서 우는 바람에 그동안의 서운함이 싹 해소되더라고요. '한 명만 감동해도 좋다. 이렇게 한 명씩 뭔가 얻어가면 그게 씨앗이 되어줄 수 있다, 그거면 된다.' 그렇게 생각했죠. 이런 경험만으로도 너무 고마웠던 게 <이오덕전>이었어요. 서점 운영도 이런 마음으로 하고 있어요.

상설 갤러리에
대한 고민

갤러리를 더 키울 생각도 있으신가요? 좋은 전시를 더 많은 사람들이 와서 볼 수 있게 하려면 관람객이 올 때만 갤러리를 열어주는 게 아니라 큐레이터가 상주하는 구조면 더 좋겠다는 생각도 들었거든요.

간혹 자원봉사를 하는 경우는 있었지만 아직은 갤러리에 따로 사람을 상주시킬 여력은 안 되는 것 같아요. 서점은 1층, 갤러리는 5층에 있다 보니 공간이 넓은 만큼 사람이 더 필요한 게 단점이죠. 그러다 보니 아직은 책방에서 독서 모임하는 아이들이 전시를 제일 많이 보게 돼요. 어쩌면 그 친구들이 제일 깊게 본다고 할 수 있어요. 책모임을 맡고 있는 선생님들에게 전시 내용을 전달해 놓

으면 모임을 갤러리에서 하며 아이들과 충분히 즐기지요. 여러 차
례 감상도 하고요. 여기서 모임하는 아이들에겐 아주 좋은 환경인
것 같아요. 물론 일반 관람객에게도 책방 선생님들이 언제든 도슨
트가 되어드려요.

요즘은 작품 판매 쪽에도 관심이 있으신 것 같아요. 특별한 계기 같은 것이
있나요?

유통 구조를 일반인이 알기 힘들고, 작가에게 직접 작품을 구입
하기도 어려우니까 중간 매개자가 필요해요. 그리고 작품을 판매
하면 갤러리 운영에도 도움을 받을 수 있지 않을까 싶어요. 갤러
리에 전문가도 둘 수 있을 테고, 전시할 때도 작가님에게 비용을
좀 더 넉넉하게 드릴 수 있지 않을까요. 한편으론 작품을 보관하
기 힘든 작가들이 많거든요. 평심 갤러리에서 전시했던 이기훈
작가님은 입체물 작품이 많은데『알』그림책을 오브제로 표현한
작품들을 작가님의 좁은 아파트 곳곳에 보관해 놓았어요. 갤러
리에 작품을 수장하고 있으면 창고를 충분히 갖추지 못한 작가님
들께도 조금은 도움이 될 것 같아요.

전문적인 상설 갤러리를 염두에 두고 작가님을 섭외하러 갈 때 책방 선생님 한 분과 동행하면서 일을 조금씩 나누고 있어요. 얼마 전 <소윤경전>을 준비할 때 제 건강이 좋지 않아 준비 과정에 더 많이 참여토록 했거든요. 이 일을 맡아 하고 싶어하는 분이라 가까이서 보게 한 거죠. 작가님들이 작품을 설명하는 과정도 찬찬히 다 지켜보고 작업실에도 가보고 하니 정말 좋아하더군요. 나중에 어떻게 될지 모르니, 이쪽 분야에 대해 계속 책도 찾아보고 관심을 기울여보라고 했죠. 그 선생님은 작가와의 만남 때 사회를 맡기도 하면서 자기 영역을 다져 나가고 있어요.

2020년 가을에 소윤경 작가님께 갔을 때, 그림도 판매한다고 하더라고요. 점점 그런 작가들이 늘고 있는 것 같아요. 우리도 계속 기획 전시를 하니까 판매를 위한 전시도 하면 어떨까 하는 생각이 들었죠. 그동안 기획 전시에 참여했던 작가의 그림을 몇 점 놓고 판매한다든지, 그림책 작가님들에게 의뢰해서 판매와 이어지는 전시를 한다든지 그런 게 가능할 것 같았어요.

저는 전문 큐레이터도 아니고 갤러리 주인들의 세계를 모르니까 제멋대로 새로운 걸 만들 수도 있겠죠. 부유한 사람들이 주로 향유하는 상업 갤러리의 호스트 같은 역할을 할 필요는 없으니까요. 그림책 일러스트의 고민과 문제의식을 담아서 하나의 장을 열면 되지 않나, 작가님들과 의논하다 보면 부산이라고 시작하지 못할 일은 아니지 않나 생각해요.

각 페이지의 그림이 모여서 전체 그림책이 되는 거니까 원화 한 점씩은 살 수 없겠다 싶었어요. 그런데 원화를 팔기도 한다는 걸 김환영 선생님을 통해서 알게 되었어요. 특히 판화 작품은 가능하더라고요. 지금은 컴퓨터 그래픽으로 나오는 책이 늘어나니 원화 개념도 바뀌긴 해요. 좀 더 대중화될 수 있을 것 같아요.

소윤경 작가의 <콤비> 같은 작품이나 이기훈 작가의 작품 같은 경우 책 속 그림을 후속 작업으로 이어가더라고요. 이런 작품은 특히 원화 작품이 욕심나죠. 소윤경 작가님의 <콤비> 원화는 크기가 큰 작품이에요. 자꾸 눈길이 가더라고요. 아트 포스터의 경우도 제작 장수를 제한한다든지, 품질을 아주 높인다면 판매가 가능하지 않을까요? 작가 사인도 넣고요.

독립출판물 페어에 가 보면 시각적인 요소의 비중이 큰 책들은 관련 포스터를 함께 들고 나와서 파는 경우가 꽤 있더라고요. 책은 아무래도 대량 인쇄방식이고 판형도 제한적이니까 책으로 충분히 전달하기 힘든 부분을 보완한달까. 자기 작품을 좋아해 주는 독자들을 위한 특별 서비스처럼 여겨지기도 하더군요.

새로운 일을 벌이기에 걱정되는 부분도 있어요. 제가 2019년 9월에 암 진단을 받았거든요. 몸 상태가 좋았다 나빴다 하는데 새로운 일이 자리 잡기 전에 덜컥 더 나빠져서 책임을 못 지게 될까봐, 그런 것도 맘에 걸리더라고요. 독서 모임 같은 업무는 기존 선생님들에게 거의 다 넘겼는데, 새로운 일은 가늠이 안 되다 보니 선뜻 시작하기가 망설여져요. 제가 앞으로 어떻게 될지 모르니까. 그래도 이렇게 말 씨앗이라도 뿌려봅니다.

두근두근 당당하게,
책을 무대에 올리다

연극 이야기로 넘어가 볼까요? 1층 '구름방'은 책 읽는 사랑방이기도 하지만 '두근두근 당당하게(두당)' 공연을 했던 연극 무대로도 기억이 되는데요, 어떻게 시작하게 되셨나요?

앞서 언급했듯 수원에서 동화 읽는 어른 모임인 해님달님을 할 때 <토끼와 거북이와 늑대>를 연극으로 만들어 올렸어요. 동화를 알리고 2기도 모집하기 위한 부대행사였죠. 그때 아이들도 구경만 하는 게 아니라 가면을 쓰고 무대에 함께 했어요. 토끼 새끼 하고 싶은 사람? 거북이 새끼 하고 싶은 사람? 이렇게 부르면 하고 싶은 아이가 손을 들어 엄마 뒤를 졸졸 따라다니는 역

을 맡았지요. 그런데 늑대 새끼를 하겠다는 아이는 한 명도 없더군요 (웃음)

<잠잠이 사랑방> 시절에도 『무지개 물고기』로 동네 아이들과 연극을 했고요. 연극 자체가 사람들이 모여야 할 수 있는 일이에요. 준비하고 연습하면서 함께하는 일이 자연스러웠죠.

책과 관련된 행사로 연극을 쉽게 떠올리지는 못하는데 말이죠.

사실 제가 초등학생 때 연극을 많이 했는데, 그 영향이 컸던 것 같아요. 학교 교육에서 가장 기억에 남는 것도 연극이에요. 교육적으로도 좋고, 종합예술의 매력을 느끼기 좋았죠. 제가 다닌 초등학교는 1년에 한 번 교대생들과 같이 규모 있는 연극을 준비했어요. 당시 '한새 극장'이라고 초등학교치고는 제법 큰 극장이 있었죠. 진짜 막이 있어서 배우가 왔다 갔다 할 수 있고, 조명도 갖춘 무대였어요. 매년 오디션을 봐서 배역을 뽑는데 저도 참여했어요. 배역을 받지 못하면 합창단원이라도 했어요. 방과 후에 늘 연습했고요. 대학생들과 같이 하니 수준이 상당히 높아지더라고요. 그 공연 외에도 학급별, 학년별, 수업시간에 조별로도 연극을 많이 했어요. 대본 만들기나 배우, 스태프 경험을 쌓았지요.

중고등학교 때보다 저는 오히려 초등학교 때 민주주의를 체험할 수 있었어요. 학급회의를 비롯해서 학생회도 열심히 했고요. 좋은 선생들이 많이 계셔서 가능했던 것 같아요. 『내가 정말 알아야 할 모든 것은 유치원에서 배웠다』라는 책이 있죠? 전 유치원은 안 다녀봐서 '초등학교에서 다 배웠다.'라고 말하곤 해요.

연극을 하면서 어려운 점은 없었나요? 연극 연습하는 걸 보면, 저렇게 공이 많이 들어가는 일을 어떻게 매번 해내나 싶은데요.

워낙 손이 많이 가는 일이다 보니 마음 한편에는 늘 연극이 있었지만 선뜻 시작하진 못했던 거죠. 마땅한 공간도 없었고 끌고 갈 사람도 없었고요. 그런데 인생이 참 재미있는 게, 마음속에 있는 걸 실행하도록 불이 딱 당겨지는 때가 있더라고요.

주로 제가 서점 청소를 하는데 이곳으로 이사 와서는 너무 버거웠죠. 하는 수 없이 계단 청소할 사람을 구했어요. 적당한 업체가 있더라고요. 그곳에서 파견된 덩치 좋은 아저씨가 매주 오셔서 계단 청소해주고 가끔은 서비스로 엘리베이터 입구도 닦아주고 그랬어요. 한날은 평심 갤러리 행사 포스터가 붙어 있는 걸 보고 이런 기획은 누가 하냐고 묻는 거예요. 제가 1층에 잘 안 있는 편인데, 그날 우연히 마주친 거죠. '기획'이라는 단어를 청소하는 분에게 들으니 좀 새로웠어요. 제가 한다고 그랬더니 "이 많은 일을 다 어찌하십니까. 저도 예전에 기획을 좀 해봤는데." 하시더군요. 예전에 뭐하셨냐고 되물으니 연극을 하셨다는 거예요. 그날 당장 그분을 붙잡았죠.

연극을 같이 해보자고 했더니 처음에는 거절했어요. 사정이 있어 손을 떼고 있다고요. 그래도 애들 연극 지도는 해줄 수 있지 않겠냐고 하니까, 자기는 배우지 연출이 아니래요. "그럼 제가 기획과 연출을 하고, 선생님이 연기 지도를 하면 어떨까요?" 이렇게 제안해서 시작하게 됐죠. 한동안 재미있게 했는데 중간에 그만두게 되었어요. 이후 허승연 배우님을 만났고 그분이 연출을 맡으며 지금까지 인연을 이어오고 있어요. 제가 의지할 분이 필요하기도 했고, 생활인이 하는 연극이라도 전문가가 개입해서 수준을 높이고 싶었거든요. 그래야 의욕이 솟잖아요.

〈책과아이들〉 극단 이름이 '두근두근 당당하게'잖아요. 뭔가 리듬감도 있고 그 말이 참 좋더라고요. 어떻게 나온 문구인가요?

권정생 선생님 동화를 옴니버스로 꾸민 연극인 <또야, 또야네 집>에 출연한 초등학교 3학년 아이가 있었어요. 축구를 무척 즐기는 여자아이인데 연극도 좋아했어요. 지금까지 여섯 번인가, 일곱 번인가 참여했죠. 무대에 서면 두근두근 너무 떨린다고 하니까 연기 지도하는 선생님이 무대에서는 당당하게 하라고 했다고 일기장에 적었더라고요. '두근두근' 그리고 '당당하게'가 아마추어 연극에 딱 맞는 표현인 것 같아 극단 이름을 그렇게 짓게 되었어요.

〈책과아이들〉은 연극에 각별한 애정을 가지고 있는 것 같아요. 제법 큰 연중 행사이기도 하고요. 그토록 연극을 중요하게 생각하시는 이유가 궁금하네요.

학교에서 연극을 필수과목처럼 해야 한다고 생각해요. 그리고 어른이 되어서도 연극을 해야 된다는 내용을 어느 책에서 읽은 적이 있어요. 누구나 살면서 가면이 필요할 때가 있잖아요. 예를 들어 의사라면 아무리 까칠해도 성격대로 환자를 대하면 안 된다는 거예요. 자기를 가다듬을 수 있는 부분이 필요해서 의사의 마지막 공부는 연극이라고 해요. 나는 이런 사람이야 하면서 자기 멋대로 할 일이 아니라 페르소나, 즉 가면을 쓴 인격이 여러 개 있어야 된다는 거죠. 저는 그 말이 참 좋았어요.

영국에는 셰익스피어 학교라는 연극 전문학교가 있다고 해요. 그 학교 출신들이 정말 말솜씨가 좋다고 하더라고요. 그 학교 나와서 성공 안 한 사람이 없다는 말도 있고요. 그렇지 않겠어요? 문학을 줄줄 외우는데, 그것도 셰익스피어를. 그런 이야기를 들으면 문장을 외우는 게 참 중요하다는 생각이 들어요. 연극은 남녀노소 모두가 많이 했으면 좋겠어요. 도서관에서 강연이나 공예 프로그램만 하지 말고 시간을 많이 투자하더라도 연극을 했으면 좋겠다는 바람도 계속 이야기하고 다녀요.

저는 연극이 종합적이고 꽤 괜찮은 독서 관련 활동이라고 생각해요. 책방에서도 문학에 접속하는 일환으로 연극을 시작한 거예요. 공연을 준비하면서 대사를 다 외우니까 내용이 온전히 자기 것이 되죠. 한 번이라도 연극을 해보면 그 작품이 평생 그 사람한테 힘이 되어 줄 수 있다고 생각하거든요. 그런 믿음이 있어요.

'두근두근 당당하게'의 힘으로 <책과아이들> 부설로 '평심마을

문화원'을 만들 마음도 낼 수 있었어요. 연극으로 어울리며 책방에 자주 오게 되고 친밀도가 높아졌거든요. 함께 갈 자신이 생긴 거죠. 연극에 참여하고, 온 가족이 독서 모임에 참여하기도 하는, 책방을 사랑해주는 회원에게 사무국장 직함도 맡길 수 있었죠.

하얀 천을 천장에서 내려 빛그림으로 우주를 표현했다.

우리는
생활연극을 지향합니다

두근두근 당당하게는 전문 극단이 아니라 생활연극을 하는 아마추어 극단이라고 하셨는데요. '생활연극'이 정확히 어떤 의미인지 설명 부탁드려요.

제가 생각하는 생활연극은 배우, 스태프로 참여한 이들이 학교생활이나 직장생활과 같은 자기의 일상을 유지하면서 연극에 참여할 수 있게 만드는 거예요. 자기 생활을 해나가면서 다른 사람들과 호흡도 맞추려면 많은 걸 양보하고 조율해야 해요. 우리 서점에서는 그동안 서로 배려하면서 그런 분위기를 잘 만들어 온 것 같아요. 제가 감자 삶고 철 따라 과일도 준비하고 그러면 다른 사람들도 한 번씩 떡 해오고 마실 걸 가져와요. 아이들은 연극 연습보다 그런 시간을 더 즐거워하더군요. 같이 나눠 먹으면서 분위기도 좋아지고요. 코로나가 이런 분위기를 방해하고 있어서 좀 걱정인데 또 좋은 방법이 생기겠지요?

연극을 하려면 이래저래 돈 들어가는 일도 많을 텐데, 비용은 어떤 식으로 마련하나요?

연극 수준을 높이는 차원에서 연출도, 작가도, 작곡가도 모두 전문가를 모셔요. 분장, 의상, 무대도 매번 욕심이 생겨 다양하게 시도하고요. 모아보면 꽤 큰돈이죠. 늘 돈 마련하느라 전전긍긍하는 편이에요. 외부 지원을 받기도 하고, 생활비에서 빼서 쓰기도 해요. 2020년 같은 경우에는 어쩌다 보니 융통할 돈이 하나도 없었어요. 그래서 단원 모집할 때부터 회비를 모아서 연극을 올릴 거라고 안내했어요. 한 사람당 10만 원씩 내자고 얘기했는데, 모인 이들을 보니까 막상 그렇게 하기가 쉽지 않았어요. 어려운 말 꺼내기보다 차라리 내 돈 쓰는 게 편하겠다 싶었는데 좋은 생각은 아니었어요. 아무도 간식을 안 챙겨서 결국 저 혼자 다 챙기기도 하고, 신규 단원들이 많다 보니 앞 기수와 전통이 연결되지 않아 여태 쌓아온 나눔, 자발성, 그 무엇도 이어지지 않더라고요. 무엇을 배려하고 서로 뭘 나눠야 하는지 모른 채 자기 스케줄부터 고려하는 걸 보며 쓸쓸했어요.

제가 대안학교에서 교사로 일했던 시절에, 좋은 기회가 닿아 밴드 연습실 설비와 악기 비용을 후원받게 된 적이 있었어요. 그런데 옆에서 지켜보니 연습시간 잡느라 맨날 난리인 거예요. 여러 사람이 함께 하는 일이니까 일정 조정하는 게 당연한데, 서로 기 싸움 같은 걸로 진을 다 빼서 많이 안타까웠어요. 연극 연습도 비슷한 어려움이 있었을 것 같은데요.

강요보단 분위기를 만들죠. 그러다 보면 자진해서 자기 걸 양보해요. 아직까진 큰 다툼 없이 잘 지나갔어요. 2020년 팀도 공연 직전엔 역시나 한팀이 되었어요. 함께 울고 웃는…… 두당 덕에 고마운 인연들도 많이 만났죠. 연기 지도 해주는 연출 선생님뿐 아니라 연극을 사진으로 기록하겠다는 사람, 노래에 소질 있는 사람, 사진을 모아 앨범을 만들어주는 사람, 그리고 연극에 쓸 음악을 꾸준히 작곡해서 우리 두당 수준을 확 올려주는 재즈 피아니스트 선생님까지. 그게 연극의 맛이에요.

저도 몇 번 연극을 본 적이 있는데요. 이틀에 걸쳐 4회의 공연으로 막을 내리기에는 너무 아깝다는 생각이 들더라고요. 외부로 나가서 공연을 이어간 적도 있나요?

네, 몇 번 있죠. <목수들의 전쟁>이라는 연극을 민주공원 소극장에서 한 적이 있어요. '평화와 통일을 여는 사람들'이 평화홀씨마당이라는 연중 행사를 진행하는데, 마침 우리 연극 주제와 맞아 떨어졌거든요. 원래 그 단체에서도 연극 팀을 만들려고 했어요. 평화를 알리는 방법으로 연극, 시, 합창 같은 공연하는 팀을 만들고 싶어 했죠. 그러던 차에 우리가 <목수들의 전쟁>을 공연하니까 그걸 청소년과 청년들이 한 팀이 되어 해보자 해서 홀씨마당 무대에 서게 된 거죠.

그 작품으로 부산국제어린이청소년영화제(BIKY) 폐막식 때 20분 남짓 연극 공연을 해달라는 요청을 받기도 했어요. 원래 1시간이 넘는 공연인데, 노래를 중심으로 대사를 맛보기로 넣은 작품을 따로 만들었어요. 복지관에서도 간혹 의뢰가 들어오는데 연극할 만한 시설이 없는 경우 우리 공간으로 초대하기도 했고요. 외부에서 재공연을 하는 게 생각보다 쉽지 않아요. 공연 마친 뒤 쫑파티까지 하고 헤어지고 나면 단원들을 다시 불러 모으기 어렵거든요. 연습도 다시 해야 하고요. 연습 없이 바로 무대에 서는 건 프로라도 불가능한 일이니까요.

도서관에서도 계속 문의가 들어와요. 직접 공연을 올리려다가도 사서 선생님들이 힘들어서 못하는 것 같아요. 그래도 시도해보시라 자꾸 말씀드리죠. 연극은 그 공간을 찾는 사람들과 직접 해봐야 의미가 있지요. 그 사람들과 무엇이 생겨날지 모르고 하는 그런 게 재미거든요. 우리보다 연극을 더 잘 이끌어 나갈 사람이 있을 거라고도 말씀드리고요. 예산이 있고 공간이 있는데도 우리처럼 아무 때나 쓰지 못하는 게 한계인 거죠.

함께 볼 영상
'역마살 뉴스'- 두근두근 당당하게 9기 〈투명한 아이〉 공연 소식

요술 철가방?
어렵지 않아요

연극에 소품도 꽤 등장하던데 어떻게 만드시나요?

하고 싶은 걸 하나씩 무작정 시도하는 편이에요. 우주가 배경이라
도, 요술이 나오는 판타지라도 겁없이 달려들어요. 연극으로 올
리는 작품이 주로 동화니까 아무래도 비현실적 요소가 많거든요.
<철가방을 든 독깨비>에는 물건을 요술 철가방에 넣고 탕탕 치
면 사라지는 대목이 나와요. 그 요술 철가방도 직접 만들었죠.
마침 학부모 중 한 분이 중학교에서 학생들 아이디어를 발명으로
연결시켜주는 활동을 하고 있었어요. 그 엄마가 요술 철가방을
해결할 수 있을 것 같다고 하더군요. 철가방을 탁탁 치면 물건이

사라지는 것이나 철가방에서 불이 번쩍번쩍 나오는 것 등 그때그때 자잘한 것들을 해결해 나갔는데 과정이 무척 재미있었어요. 석 달 이상 계속 연극 생각을 하면서 일상을 지내다 보면 어디에서라도 꼭 아이디어가 나와요. 그게 바로 생활연극의 묘미죠. 전문가가 시키는 대로 하는 게 아니고요.

〈철가방을 든 독갭이〉는 무대도 굉장히 독특하더라고요.

배경 그림이 필요한 경우에는 아이들이 참여했어요. <철가방을 든 독갭이> 무대에는 여러 마을 풍경이 필요한데, 구름빵 공간의 벽면마다 다른 배경 그림을 그렸어요. 그래서 무대가 바뀔 때마다 막이 내려오는 게 아니라 관객이 방향을 고쳐 앉아 새로운 무대를 보게 했죠. 다들 깔깔거리면서 재미있어 했어요.

커다란 전지를 아래위로 붙인 다음 밑그림을 우리집 막내 예영이한테 그려달라고 했어요. 배경 그림을 그려주면 태블릿 피시를 사준다고 했거든요. 원래는 예영이가 돈을 모으고 모자란 것만 보태려고 했는데, 전부 다 주기로 한 거죠. 사실 그런 조건을 걸지 않아도 그려줬겠지만요. 여태까지 그림이 필요할 때마다 많이 도와줬어요.

소품을 제작할 땐 혼자서 하기보다는 모두에게 참여할 기회를 많이 줘요. 예영이가 그려놓은 밑그림에 아이들이 자동차 그림도 붙이고, 건물 그림도 붙였어요. 그림에 그림을 다시 붙이는 건 일본 그림책 공부하면서 접했던 아라이 료지에게서 영감을 얻었어요. 연극 준비 하던 때라 그림책 번역 공부를 하다가도 아이디어를 잡아챈 거죠.

〈투명한 아이〉 공연 때는 사진 기록을 하면서 준비 과정을 찬찬히 볼 기회가 있었어요. 본 공연 때는 사진 촬영이 연극 관람에 방해가 되니까 준비 과정이라도 사진으로 잘 남겨보자 싶었거든요. 연습 과정을 지켜보면서 내일모레면 무대에 오르는데 이래도 될까 조마조마하더라고요.

대사를 다 외운다 하더라도 리허설하는 순간까지 매끈하게 연결되지 않아요. 매번 그래요. 그러다 연극이 끝나면 또 속았다 하지요. 정말 감동을 주거든요.

분장을 하고 나면 배우들이 정신을 딱 차려요. 초창기에는 안 했는데 어느 날 분장하고 의상을 갖추니 배역에 맞게 분위기가 싹 바뀌는 거예요. 그 뒤로는 분장할 줄 아는 프로 배우를 중심으로 우리가 거들어서 저렴한 비용으로 하는 편이에요. 순간의 빙의를 위해 필요한 지출인데 배우 입장에서 신이 나죠.

전문가와 비전문가가 만날 수 있도록 하는 게 생활연극에서 중요해요. 자기가 참여한 연극의 수준이 높아지면 기분이 좋아지잖아요. 보람을 느끼고 고양되는 경험을 주고 싶었어요. '연습하니 발전하네.' 하는 경험, '아 오늘 참 재밌다, 뿌듯하고 기분 좋다.' 이런 느낌을 가져가게 하려고 공연을 하는 거죠.

연극의 목적 이런 건 잘 설명하지 못하겠네요. 연극을 하고 나서 '아, 힘들었는데 재미있었네.' 이런 느낌이 들면 되는 거죠. 그런 경험이 쌓여가는 게 앞으로 살아가는 데 좋을 것 같아요. 심미안을 키운다는 말도 어찌 보면 상당히 막연한 이야기인데, 결국 책을 읽는 것이 그런 막연한 힘을 키워놓는 것 아닐까요?

오랫동안 서로 부대끼며 연극을 준비하다가 공연이 끝나고 나면 많이들 서운해 하겠어요.

연습하기 싫다가, 하고 싶다가, 잘할 거 같다가, 못할 거 같다가를 반복하는 과정이에요. 초반에는 기분이 상하는 일도 생기고 하는데, 중반으로 접어들면 서로 양보도 하고 친해져서 몸으로 부대끼고 뒹구는 수준이 되죠. 그런 과정을 거쳐서 연극을 마치고 나면 헤어지기 싫어서 어쩔 줄을 모르는 거예요. 쫑파티 언제 하냐고 재촉하기도 하고요. 날짜는 빨리 잡아야겠는데 막상 쫑파티를 하고 나면 연극 팀을 더는 못 보게 된다는 서운함도 함께 들죠.

무대도 소품도 직접 만드는 생활연극 두근두근 당당하게

〈구름과 잠잠이의 옛이야기판〉을 마치고

김영수

.

이번에 가족극을 기획하면서 7년 전 일이 생각났다. 2014년 만남잔치에서 권정생 선생님이 각색한 팥죽 할머니로 이야기판을 벌여보자고 잠잠이 샘이 나에게 제안을 했다. 마다하지 않는 성격이라서인지 아니면 끼가 있어서인지 선뜻 하겠다고 했다. 사실 만남잔치는 1년에 한 번 벌이는 축제라 준비할 것이 너무나도 많다. 그 일 중 육체 노동의 중심에 내가 있다. 그런데 30분이 넘는 대사를 외워서 큰 딸 기영이의 장구, 판소리와 함께 공연을 해야 하는데 맘만 앞선 거다. 대사도 다 못 외우고 일 앞에서 전전긍긍하다가 행사 3일 전 기영이와 밤에 짬짬이 연습하면서 대사를 외우기 시작했다. 결국 완벽하게 외우지 못 한 채 무대에 섰다. 정신이 몽롱, 그런데 무대에 서니 오히려 정신은 번쩍 들었다. 옛날 옛날에~ 하면서 시작했다. 중간 중간 기억이 나지 않을 땐 기영이에게 다음은 뭐더라~ 은근슬쩍 물어보면서 이야기를 풀어갔다. 박수가 나오고 공연은 끝났다. 얼굴은 빨갛게 물들어 있었고 다시 정신이 몽롱. 주변에서 잘 해냈다고 얘기하는데 뭐가 뭔지 모르게 끝나버렸다.

생활연극 두근두근 당당하게는 7년 전 시작했다. 동화를 소재로 각색하여 시민 배우들이 2, 3개월 연습하여 무대 공연을 한다. 연극인 연출가, 작가, 작곡가, 기획, 분장, 무대, 영상, 조명, 소품 등 전문가와 일반인이 스태프를 맡는다. 나는 3기 〈나는 입으로 걷는다〉 때 단역으로 출연하기 시작해 여러 편에서 연기를 했다. 전부 배역이 정해진 후 남아 있는 역을 내가 맡았다. 대사가 많지 않아 부담 없이 참여했다. 연기 지도도 받아 재밌었다.

그런데 이번에는 강 대표가 가족극으로 우리 가족이 스타트를 할 계획이란다. 아픈 몸으로 연극을 하겠다는 것도 놀라운 일인데, 대본도 직접 쓰고 연극 배우로 무대에 서겠다는 거다. 우리 부부 둘이서 연극을 하고 아이들이 스태프 및 일부 출연을 하는 형태로, 아픈 강 대표에겐 무리가 되지 않을까 하는 우려가 앞섰다. 전체 기획을 하고 무대 소품 등을 챙기는 것도 어려운데 말이다. 그래도 가족극이라는 연극에 호기심도 있었고 서로 도와 몸 상태를 돌봐가며 하면 될 것이란 믿음을 가졌다.

대본을 받고 이 많은 대사를 어떻게 외우나 하는 두려움이 가슴을 답답하게 했다. 이번에는 1시간을 넘어가는 분량이었고, 3장 팥죽 할머니가 분량이 제일 많았는데, 7년 전 해봤으니 잘 되겠지 하는 마음도 있었다. 그런데 아니었다. 3장이 제일 길고 나 혼자만의 대사가 많아 머리 속으로 외우고, 서점에 손님이 없을 때 소리내어 외우고, 집에서도 중얼중얼 외웠다. 쉬는 날에는 구름빵에서 큰소리로 대사를 해봤다. 끝없이 외워도 계속 틀리고 무대에 서서 표정과 동작 연기까지 들어가니 더 헷갈리기 시작했다. 공연 일자는 다가오고 시선 처리, 표정 관리, 동작 등 계속 연출 샘한테 지적을 받았다.

퇴근하고 집에서 계속 중얼거리니 잠잠이샘이 소리내서 해야지 그렇게 중얼거리면 되겠냐고 핀잔을 주기도 했다. 공연 1주 전 기영이가 오고 밤에 장구와 판소리와 함께 연습을 계속 했다. 효과음과 판소리와 함께 하니 감정이 들어가고 머릿속에 그림도 조금씩 그려져서 더 잘 외워졌다. 1, 2, 4장은 상대가 있어야 잘 되므로 한 번씩 잠잠이샘과 연습했는데, 잠잠이샘 몸 상태를 봐서 연습을 해야 했다. 초창기 연출샘과 함께 하는 연습 시간엔 대사 외우기가 안 되어 계속 대본을 찾고, 더듬거리고, 꾸중 듣기를 반복했다. 개인 연습 때 외웠던 게 자꾸 입 밖에 나오지 않아 연출 샘께 미안했다. 그런데 연습을 하면 할수록 대사의 의미를 알게 되고 자연스레 가슴에 각인되는 느낌이 왔다. 정신없는 도깨비, 훨훨 간다, 팥죽 할머니, 흰쥐 이야기 4편의 이야기는 구름과 잠잠이의 삶과 연결되어 있었다.

공연이 시작되고 실수를 할 때마다 관객들은 더 흥이 나는지 반응을 해줬다. 1장 정신없는 도깨비에서 연습할 때마다 헷갈리는 부분이 있었다. 그도 그럴 것이 상황이 반복되는 이야기인데 대사와 연기가 조금 달라서 앞뒤가 뒤바뀌거나 빼먹기 일쑤였다. 행동하기 전에 대사를 쳐 버리고, "아니지." 하고 행동을 한 후 같은 대사를 하니 관객은 재밌다고 웃었다. 2회차 때는 모 출판사 대표가 멀리서 보러 왔는데, 3장 팥죽 할머니 판소리에 추임새를 넣어 주었다. 수준 높은 추임새라 연출샘과 잠잠이는 내가 대사를 놓쳐버리지 않을까 안절부절할 정도였다. 나는 정신을 집중하여 구연을 했는데, 나중에 들어 보니 기영이도 추임새에 흥이 올라 뻥터질 뻔했단다. 실수와 감동이 겹쳐지며 구름과 잠잠이는 회차가 계속될수록 연극에 더 빠져들었다. 4회차 모두를 지켜 본 스태프들과 우리 샘들은 마지막 회가 더 감동적이었고 재밌었다고 귀띔해줬다. 연극은 공연하면서 더 실력이 느는 건가? 이번 말고도 앞 기수마다 그랬으니 말이다.

연극을 마치고 드는 생각은 이제 끝났구나보다 재밌었다는 게 더 컸다. 아픈 잠잠이와 이 프로젝트를 해냈다는 게 제일 기쁘다. 극중에 잠잠이가 처음이자 마지막이란 말에 내가 발끈하며 뭔 마지막!이라고 말하는 장면이 있다. 이 연극이 마지막이 아니라는 확신을 갖게 해줬다. 의지를 갖고 견뎌낸다면 오래오래 함께할 수 있을 거란 신념 말이다. 우리 아이들과도 어릴 적 끝난 새해 음악회 이후 함께 할 수 있어 좋았다. 준비 과정에서 소통하는 재미는 해 본 사람만이 알 것이다. 가족극을 해 본 경험자로서 감히 다른 가족에게도 권하고 싶다.

책 읽고
즉흥 연주하는 아이들

원화전이나 연극 외에도 책을 다른 예술 영역과 접목해서 확장하는 시도를 많이 하고 있잖아요. 음악이랑 연결한 활동들도 무척 인상적이었어요.

온천천에 있는 동네책방들과 함께하는 축제 매일매일책봄 행사가 기억나네요. '바다기린'이 그림책을 모티브로 작곡한 곡들을 연주했고 <쨍아>라는 곡은 책방 대표들과 핸드벨로 합주했었죠. 『쨍아』는 천정철 선생님의 시에 이광익 선생님이 그림을 그린 책인데, 아이들과 독서캠프 할 때 재밌는 방식으로 재탄생 시킨 적이 있어요. 책을 빛그림으로 만들고 바다기린이라는 아티스트가 곡을 붙여 아이들과 합주를 했지요.

그 캠프에서 아이들이 책을 모티브로 직접 작곡한 작품들이 꽤 나왔지요. 아이들에게 책방에 있는 그림책들을 실컷 읽고, 그중에 음악이 떠오른다든지 악기를 연주하고 싶어지는 책을 고르라고 했어요. 그때 우리가 생태적인 이야기로 도입부를 이끌어서 그런지, 자연을 소재로 한 책을 많이 고르더군요. 그중에서도 『아기곰의 가을 나들이』를 쓴 데지마 게이자부로의 책을 많이 골랐어요. 그렇게 여백이 많은 데서 음악이 느껴지나 봐요. 아이들한테 자기가 다룰 수 있는 악기를 아무거나 들고 오랬더니 바이올린, 가야금, 리코더, 플루트 등등 다양하게 가져오더라고요. 그걸로 책의 내용을 묘사하는데 거의 자연에 가까운 소리를 내더군요. 물소리, 바람 소리, 백조가 날아가는 걸 표현할 때면 '국국국국' 이런 식으로 소리를 내는 거죠. 마지막 날 발표회 때 부모들을 초대해서 작가와의 만남도 갖고 그 작품들을 직접 감상하게 했어요.

예전에 세계어린이합창제를 본 적이 있는데 영국팀의 공연이 인상적이었어요. 아이들이 멜로디가 있는 노래를 부르는 게 아니라 각기 다른 자연의 소리를 내더라고요. 바람 소리, 빗소리 이런 걸. 그때 아이들도 악기로 자연의 소리를 구현한 거네요.

혼자 만들든 팀으로 만들든 알아서 조를 짜라고 했더니 한 명, 두 명, 네 명 이런 식으로 자연스럽게 팀이 구성됐죠. 그 외에도 파도 소리 나는 오션드럼 등 표현 도구를 준비해줬어요. 그런 걸 사이사이에 넣으면서 곡이 만들어졌는데, 놀랐어요.

그후 바다기린을 초청해 곡을 다듬었어요. 아이들이 악기를 연주할 줄은 아는데, 악보를 쓸 줄은 몰랐거든요. 그래서 아이들 연주를 녹음한 다음 바다기린이 악보 적는 작업을 도왔죠. 지금 남아 있는 악보를 보면 '여기서는 파도 소리를 1분간 낸다.' 이런 식이에요. 막상 애들한테는 악보가 중요하지 않았어요. 연주할 때마다 달라져요. 즉흥이죠. 그래도 이 순서에는 합주다, 여기부터는 변주다 이렇게 순서를 정하기는 했죠.

즉흥 연주 부분이 있다니 너무 멋지네요. 이런 작업을 끌어낸 바다기린이 궁금해지네요.

한국예술종합학교 재학 때 만난 친구 둘이 만든 팀이에요. 우선

한 명은 제 딸 기영이고요, 또 한 명은 서양음악을 전공했다가 본인 작곡 방식과 맞지 않아 다시 한국음악을 하게 된 이미리라는 친구예요. 작곡을 하면 그걸 연주해주는 사람이 있어야 하잖아요. 기영이를 연주자로 소개받아서 두 사람이 만나게 됐나 봐요. 둘이서 대화하고 작업해 보니까 잘 맞았던 거죠.

제가 그림책으로 곡 작업을 해보면 어떻겠냐고 먼저 제안했어요. 연극처럼 제 속에 품고 있던 씨앗인데 재주가 없어 딸 얼굴만 쳐다보고 있었거든요. 마침 둘 다 그림책에 애정이 있었어요. 이 친구들이 그림책을 보며 자란 1세대라고 보면 되거든요. 그런 역사가 있으니까 가능했던 거예요. 비록 제가 아이디어를 내고 제안했지만, 그걸 할 수 있는 사람과 딱 타이밍이 맞아서 한 거죠. 그래야 놀이처럼 재미있게 일이 돼요. 그 뒤로 작가와의 만남을 할 때 곡을 부탁하기도 해서 작품이 점점 늘었어요. 15곡 넘을 거예요. 음반으로 나오면 좋은데 작업이 더디네요.

아이들과 호흡하면서 작업한다는 것이 바다기린 팀의 장점이었어요. 팀원들이 당시 2~30대다 보니 아이들 소리를 정말 잘 들어주는 거예요. 다른 작곡가와도 일을 해봤는데 그분은 아이들의 소리에 자기 색을 입히는 것 같았어요. 다듬는 과정에서 아이들 작곡이 바뀌어 버리더라고요. 교사를 어떻게 구하느냐에 따라서 작업이 달라지기 때문에 창작 작품은 진짜 조심스러워요. 아무튼 그 캠프는 정말 멋지고 예술적인 순간들이 많았어요. 다시 하고 싶은 캠프 중 하나예요. 형식이 좀 바뀌더라도 이어갈 거예요.

아이들이랑 같이 작업할 때는 기다려주고, 들어주고 그런 게 참 중요한 것 같아요. 어른의 눈높이에서 욕심나는 걸 잘 참는 게 관건이랄까요.

그러기엔 이 사회가 너무 여유가 없는 것 같아요. 그런 활동은 2박 3일 동안 몰입해야 하는데, 집중할 에너지들이 점점 없어지는 거죠. 저도 그걸 아니까 쉽게 모집을 못하고요. 작품이 나오려면 우리도 에너지를 엄청 쏟아부어야 하거든요. 아이, 부모, 작곡을 도와줄 선생님, 그걸 보조할 모두가 정말 총력을 기울여야지 작품이 나오는 거예요. 현장, 아이들을 중심으로 벌어지는 그 순간이 아름답고, 그게 예술이라는 거예요. 그 재미에 책방 하잖아요.

두근두근 당당하게도 마찬가지예요. 우리가 온 힘을 기울여서 만드는 거거든요. '이런 방식으로 하시면 됩니다.'라고 설명해도 다른 데서 흉내를 못 내는 이유죠. 거기서 수익이 나오는 건 아니지만, 작품은 나와요. 그런데 이 사회는 수익이 안 난다 하면 '에이' 하며 고개를 돌리죠. "그래서 얼마 벌어요?" 어제도 인터뷰할 때 그렇게 묻더라고요. 우리 서점이 책방 지원사업 1차 서류를 통과해서 2차 인터뷰를 했거든요. 두당에 지원금이 좀 필요해서요. 그런데 주최 측은 거기서 수입을 어떻게 확보할 건지 물어보더라고요. 서점의 수익성 창출이 지원 목적이기 때문에 본인들에게는 중요한 질문이라고 하더군요. 물론 그것도 중요하지만 서점이 하던 일을 지속 가능하게 해주는 것, 저는 그게 지원 아니겠냐고 답해줬어요.

함께 볼 영상
2014년 독서캠프, 〈쨍아〉 연주 영상

악보인가? 대본인가?

데지마 게이자부로의
『큰 고니의 하늘』을 즉흥 연주하다

함께 볼 영상

리코더, 오카리나, 클라리넷, 바이올린을 가진 네 명의 작곡자들이 의견을 모아 한 곡을 만든다는 것이 결코 쉬운 일은 아니었다. 『큰 고니의 하늘』은 부모와 아이의 사랑, 더 넓게 가족과의 사랑과 동시에 죽음을 경험할 수 있는 책이다. 정형화된 진행이나 구성을 가지고 갈 수도 있었다. 하지만 이 프로젝트를 진행한 작곡자들은 반대로 멜로디의 즉흥성을 강조해 서로를 얽매지 않도록 하는 데 집중했다. 특히 곡의 중반부에 등장하는 슬픈 고니 울음소리는 따로 연주했던 악기들이 하나로 합쳐지는 동시에 무선율의 즉흥음악에서 조성음악으로 전환되는 부분이다.

멜로디 즉흥 연주, 작곡 및 연주:

최영준, 이재현, 정상현, 최민준, 바다기린(김기영, 이미리)

그림책 페이지   악기   (설명)   연주자

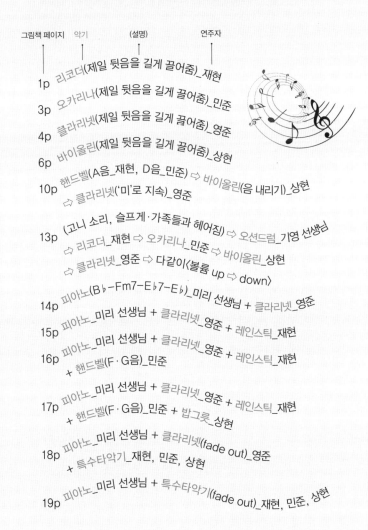

1p 리코더(제일 뒷음을 길게 끌어줌)_재현

3p 오카리나(제일 뒷음을 길게 끌어줌)_민준

4p 클라리넷(제일 뒷음을 길게 끌어줌)_영준

6p 바이올린(제일 뒷음을 길게 끌어줌)_상현

10p 핸드벨(A음_재현, D음_민준) ⇨ 바이올린(음 내리기)_상현
⇨ 클라리넷('미'로 지속)_영준

13p (고니 소리, 슬프게·가족들과 헤어짐) ⇨ 오션드럼_기영 선생님
⇨ 리코더_재현 ⇨ 오카리나_민준 ⇨ 바이올린_상현
⇨ 클라리넷_영준 ⇨ 다같이〈볼륨 up ⇨ down〉

14p 피아노(B♭−Fm7−E♭7−E♭)_미리 선생님 + 클라리넷_영준

15p 피아노_미리 선생님 + 클라리넷_영준 + 레인스틱_재현

16p 피아노_미리 선생님 + 클라리넷_영준 + 레인스틱_재현
+ 핸드벨(F·G음)_민준

17p 피아노_미리 선생님 + 클라리넷_영준 + 레인스틱_재현
+ 핸드벨(F·G음)_민준 + 밥그릇_상현

18p 피아노_미리 선생님 + 클라리넷(fade out)_영준
+ 특수타악기_재현, 민준, 상현

19p 피아노_미리 선생님 + 특수타악기(fade out)_재현, 민준, 상현

퍼커션 연주와
함께 듣는 그림책 교실

최근 그림책 교실에서 새로운 시도를 하고 있다고 들었어요.

정식 명칭은 '퍼커션 연주와 함께 듣는 그림책 교실'이에요. 그림
책 교실이 20여 년간 같은 방식을 유지해왔는데 주변에 유사한
프로그램도 많아져서 변화를 꾀했어요. 제 딸 기영이가 여러 악
기나 소리에 관심이 많고 퍼커션을 연구하는데, 그 모습을 보니
까 그림책과 접목하면 재미있겠다는 생각이 들었죠. 그런데 기영
이는 늘 자기 일이 바빠서 제가 말한 게 일로 이어지기까지는 시
간이 걸려요. 그러던 차에 제가 많이 아프니까 기영이가 서점 일
을 조금씩 보겠다고 하더라고요. 우리 서점에 대해서는 누구보

다 잘 아는 아이니까 우선 작은 일부터 시작해 보라고 했어요. 그래서 그림책 교실에서 악기 연주를 접목하게 된 거죠. 또 기회를 잡았죠.

20년 전 <앤서니 브라운전>에서 악기 연주와 함께 그림책을 읽어주는 걸 본 적이 있어요. 굉장히 매력적이었어요. 그걸 하려면 악기 연주하는 사람이 늘 옆에 있어야 하잖아요. 그래서 못하고 있었는데 기영이가 다양한 악기를 다룰 줄 아니 이제 실행하게 된 거죠. 여태까지는 녹음된 음악만 배경으로 틀었거든요.

한 달에 한 번 하는데 애들한테 호응이 좋아요. 어떤 여섯 살 꼬맹이가 퍼커션 오는 날은 너무 신난대요. 그 소식을 기영이한테 문자로 알려주니까 또 무척 기뻐하더라고요. 악기 소개하며 유래를 이야기해주는 것도 재미있어 해요. 함께 온 부모도 흥미로워 하고요. 애들한테 만지고 소리도 내보게 하는데 타악기니까 접근이 쉬워요.

요즘 아이들은 주로 피아노나 바이올린 학원 다니는 게 일반적이잖아요. 음악 수업이 정형화된 부분이 많은데, 퍼커션 연주는 아이들 정서에 생동감을 주는 부분이 많을 것 같아요.

예전부터 아이가 음악으로 놀 수 있게 하는 음악원 같은 걸 만들어보면 어떨까 하는 꿈을 꾸곤 했어요. 문학과 접목시키면 <책과 아이들>과 맥락이 이어지겠죠?

미리 그림책 선정을 해서 기영 씨에게 알려주는 건가요?

기영이는 한 계절에 세 번 오기로 계획을 잡아 놨어요. 오기 전에 어느 책이 퍼커션하고 같이 하면 재미있겠는지 선생님들과 미리 상의해서 준비하고 와요. 이번에는 『아트와 맥스』라고 여러 현대 미술 기법을 보여주는 그림책으로 정했는데, 악기를 다양하게 썼어요. 책에 물감을 막 집어 던지는 장면이 나오거든요. 핸드벨을 아이들한테 하나씩 나눠주고 노란색 핸드벨 가지고 있는 애들은 노란색 물감을 집어 던지는 장면일 때 흔들라고 한다든지, 여러 가지 색깔을 보고 그 양이나 느낌에 맞춰서 핸드벨을 흔들라고 했어요. 보통 애들한테 핸드벨을 나눠주면 아무렇게나 흔들잖아요. 근데 '연주를 안 하는 순간도 연주'라는 말을 해주니까 대여섯 살 된 아이들도 딱 집중해서 그림을 열심히 보더군요. 자기 장면 때 핸드벨을 흔들고 넘어가면 딱 멈추는 거예요. 그림책 자세히 보는 데도 굉장히 도움이 됐어요.

　일상에서 만나는 것, 집에 있는 다양한 도구들을 악기로 활용해보라고 마지막 멘트를 하죠. 퍼커션은 생활 속에서 나온 게 많아요. 아프리카에서는 열매껍질 같은 걸 모아서 악기를 만들기도 하고, 우리나라 같으면 놋쇠 밥그릇이 악기가 되기도 하죠. 웅~ 하고 소리가 나는데 악기로 쓰일 땐 '정주'라고 해요. 옛날에는 주로 굿할 때 썼다고 해요. 뭐든지 악기로 써보라고 아이들에게 이야기해요. 그게 음악인 거죠.

텅드럼을 연주하는 아이들

4부

서점에서 만난 사람,
서점에서 만난 세상

동네책방 서가의 수준은
그 마을의 수준입니다

서점에서 판매할 책을 고르는 게 참 어려운 일 같아요. 책방지기의 기호를 100% 반영하면 책방의 개성과 정체성을 분명히 할 수 있겠지만, 운영이 잘 되려면 손님들이 찾는 책도 어느 정도는 갖춰놓아야 하잖아요.

한동안 모 출판사에서 나온 '그리스 로마 신화' 책이 굉장히 인기였어요. 그래도 저희 책방엔 입고하지 않았어요. 저희가 보기엔 그리 추천할 만한 책이 아니었거든요. 색감이 원색적인 데다 여백 없이 꽉 차 신화 이미지와도 맞지 않다고 생각했어요. 상상의 여지가 없는 거죠. 옛이야기 그림책보다 들려주는 옛이야기를 먼저 권하는 것도 각자가 그릴 수 있는 이미지의 폭을 넓힐 수 있기 때문이거든요. 그래서 그 책을 찾는 부모들에게 책을 들여놓지 않은 이유를 설명하면서 대화를 나눴어요. 대안으로 『동화로 읽는 그리스 신화』를 추천했어요. 그림도 좋고 문학적으로도 좋았죠. 더 나아가 그리스 로마 신화보다는 우리 신화를 먼저 읽는 걸 권하고 책도 더 열심히 비치했지요. 『해리 포터』가 굉장히 유행할 때도 어린이도서연구회에서는 추천하지 말자고 방침을 세웠어요. 그 책이 나빠서가 아니라, 베스트셀러로 너무 쏠리는 걸 경계한 거죠. 저희도 한동안 취급하지 않다가 좀 잠잠해지고 나서는 다시 갖다 놓았어요. 찾아온 손님한테 매번 그 책은 없다고 말하는 것도 서점의 도리가 아닌 것 같아서요.

어느 서점에서 그런 이야기를 하더라고요. 민음사나 문학동네에서 나온 동네서점 에디션이 잘 팔리기는 하지만 그렇게 반가운 일만은 아니라는 거예요. 손님이 마치 경주마처럼 질주해서 딱 그 책만 사서는 바로 나가는 경우가 종종 있다고요. 문화의 다양성을 소중한 가치로 생각하는 동네서점 입장에서는 많이 아쉬운 일인 거죠.

둘째 아이가 『해리 포터』에 꽂혀서 거의 달달 외우고 있더라고요. "엄마는 재미없던데." 그러면 저보고 이해를 못한 거라고, 영화 보고 책 보면 그게 얼마나 재밌는지 아냐고 그래요. 그 나름의 재미가 있으니까 제 잣대로만 판단 못할 책도 있더라고요.

책방 큐레이션은 살아 숨 쉬는 생명체 같아요. 책방지기와 손님의 취향이 서로 소통하고 그 결과가 서가에 반영되니까요.

요즘에는 특정 주제만 다루는 책방도 많잖아요. 저도 처음엔 그런 입장이었어요. 그러다가 과연 내가 원하는 책만 두는 곳이 이상적인 서점일까 고민하면서 많이 유연해졌어요. 독자가 원하는 책도 갖다 놓되, 영 아니라고 판단되는 책은 빼기도 하죠. 모 출판사 사주가 사회적으로 문제가 큰 사람이라는 걸 알고 그곳에서 나온 책은 불매한 적이 있어요. 그런데 그림책 공부 때문에 『그림책의 세계』를 읽다 보니 소개된 책들이 대부분 그 출판사에서 나온 거예요. 그림책은 이론서만 읽어서는 모르고 직접 봐야 알잖아요. 저한테 필요한 책이었을 뿐만 아니라, 손님들도 찾으니까 서가에 뺐다 넣었다 혼란스러웠죠. 출판사 대표가 아니라 직원들이 잘해서 좋은 결과물이 나온 거라며 합리화하기도 했어요. 삼성 불매운동하다가도 삼성에도 가족 거느린 직원들이 있으니 어쩌겠냐며 타협하는 식인 거죠. 그래도 전집은 절대 안 넣었어요. 문의 전화가 많이 왔지만요. 처음부터 전집이라는 문화가 없어졌으면 하고 만든 책방이었으니까요.

요즘은 '동네책방 서가의 수준이 그 마을의 수준입니다.' 하고 슬쩍 책임 회피도 해요. 시간이 누적될수록 큐레이션한 책도 쌓이고 회원들 주문으로 들어오는 책 규모도 늘었지요. 어린이책 분야가 전체적으로 질적인 발전을 했고요. 초기엔 책이 모자랐다면 지금은 넘칠 지경이라서 모두 갖추지도 못해요. 주문에 의해 자연스레 갖추어지는 멋진 서가가 이상적이겠지요. 모두가 북큐레이터가 되는 거예요. 이제는 단골의 다중지성으로 만들어지는 서가이길 바라요.

어떻게 이어질지 모르는
교대 앞 인연들

서점에 정말 많은 사람들이 다녀가잖아요. 다양한 에피소드가 있을 것 같아요.

여전히 서점에서 책 사진 찍는 사람들이 있어요. 새 책 넘겨가며 숙제하는 일은 허용하고 싶지 않은데, 어린 학생들이면 할 수 없이 놔두기도 해요. 언젠가 한 청년이 그림책을 여러 권 찾아달라 하더라고요. 목록 보면서 책 찾는다고 고생했죠. 바쁜데도 시간을 들여서 같이 찾았는데 알고 보니 교대 졸업생이었어요. 해당 그림책들이 임용고시에 서술형 문제로 출제된다고 해서 시험 공부하는 거였어요. 그림책이 시험에 나오다니 고무적인 일이긴 하죠.

그 학생과 1시간가량 그림책 이야기를 나눌 수 있어 무척 좋았어요. 평소 그림책 독서 모임에서 느낀 점도 얘기하고요. 우리나라에서는 초등학교 입학하는 아이가 문자를 모르면 학교에서 부모를 호출하고, 북유럽이나 영국에서는 문자를 알고 있으면 부모를 호출한다는 얘기를 들려주니 처음 듣는 이야기래요. 사실 문자는 기호에 불과하죠. 어휘는 이미지나 느낌을 자기 몸속에 내재화했다가 문자를 만나면서 비로소 풍부해지는 거잖아요. 만약 선행학습으로 문자를 먼저 가르치면 문자 자체에 집중하게 되는 거예요. 그래서 글자로 모든 걸 다 이해해버리는 거죠. 예를 들어, '사과' 하면 '사과'라는 문자로 이미지를 연상하는 거예요. 그런데 사과라는 이미지가 형성되지 않은 상태면 어떻게 되겠어요? 그런 얘기를 한참 하고 나니까, 결국 책을 한 권 사갔어요. 알고 보니 어릴 때 우리 서점에 엄마 손 잡고 왔었대요. 10년 전이랑 구조가 많이 바뀌었네요 하더군요.

서점이 교대 앞에 있으니까 그런 만남도 이뤄진 거네요.

일본 그림책 모임에 나오는 분 중에 초등학교 선생님이 계셨어요.

그분께 우리 서점을 어떻게 알게 되셨냐고 물으니까, "선생님 저기억 못하시죠? 제가 교대 학보사에서 일할 때 선생님 인터뷰를 했어요. 초등학교 교사가 되고 나서도 아이들한테 책 읽어주는 일을 계속하고 있어요." 그러더군요. 이런 식으로 알게 모르게 스며드는 인연도 있죠.

교대 도서관에 동화책이 한 권도 없다고 들은 게 교대 앞에서 서점을 하게 된 이유 중 하나였어요. 교대 학생들이 다 임용고시만 바라보고 있는 현실을 바꿔보고 싶었어요. 학교 오가면서 우리 서점을 보면 좀 달라지겠지 싶었는데 목표 달성은 별로 못한 것 같아요.

오래된 일이긴 한데 한번은 이런 일도 있었어요. 일본 교수들이 교대에서 워크숍을 하고 내려가다가 "여기 책방이 있네." 하고 들어왔는데, 뒤따라온 한국 교수가 "어, 여기 서점이 있었네?" 한 거죠. (웃음) 교대로 매일 출근하면서도 못 보셨던 거예요. 일본 교수님들이 "한국의 전통을 느낄 수 있는 그림책을 소개해주세요, 어린이가 쓴 시나 글이 있는 책을 소개해주세요." 하면서 책을 몇 권 사가셨어요. 그 옆에서 우리나라 교수님은 구경만 하시는 게 안타까웠어요.

'아는 만큼 보인다', 이럴 때 딱 맞는 말이네요.

『종이학』이라는 그림책 보신 적 있나요? 아버지하고 아들이 다 쓰러져 가는 식당을 하는데 어떤 손님이 찾아와요. 돈이 없다고 했지만 주인은 음식을 정성스럽게 대접하죠. 식사를 마친 손님이 종이학을 밥값이라고 주고 가요. 손뼉을 치기만 하면 종이학이 진짜 학으로 변해 춤을 출 거라고 말하고는 식당을 떠났는데, 정말로 그런 거예요. 이 이야기가 동네에 소문이 나서 식당이 엄청 잘 되기 시작했죠. 그러던 어느 날 노인이 와서 플루트를 부니까 학은 전에 보여주지 않았던 새로운 춤을 선보여요. 그러고는 노인과 함께 사라져버려요. 아버지와 아들은 그 후에도 아무렇지 않게 식당을 운영하는데 맨 마지막에 아이가 플루트를 부는 장면이 나와요. 사람들은 이후에도 신기한 종이학 이야기와 맛있는 음식에 이끌려서 식당에 계속 찾아오고요. 잘 생각해보면 진짜 보물은 종이학이 아니라 손님을 잘 대접하려는 마음이란 걸 알 수 있어요. 전 마지막 장면, 아이가 플루트를 부는 장면을 기억하고 좋아해요. 이거야말로 선물이었지요.

저 역시 인연은 어떻게 이어질지 모르니까 가급적 모든 손님들께 친절하려고 해요. 가끔은 잘 안 될 때도 있지만요. (웃음)

어떤 기관에서는 무작정 직원들을 보내서 몇 시간이나 들여 서점을 탐방하고 운영과 관련된 안내를 하게 해요. 또 어떤 곳에서는 저희 직원들 교육을 해주면 강사비를 얼마 드리겠습니다, 하며 의뢰를 하지요. 어떤 경우도 반갑게 맞아요.

어린이 서점
문의하는 분들에게

동네서점을 하고 싶어하는 사람들이 의외로 꽤 많은 것 같더라고요. 〈책과아이들〉은 깊은 역사를 지닌 서점이라 창업 문의도 무척 많았을 것 같은데요.

맞아요, 어린이 서점을 하겠다고 문의하러 오는 분들이 많았어요. 그런데 보면 알겠더라고요. 저분이 계속할 수 있는 힘이 있을까, 없을까. 자기 아이들한테 도움이 되겠다는 마음으로 하시는 분, 금전적으로 여유가 있는 상태에서 생활비 좀 더 벌어보겠다는 분들은 오래 못 가더라고요. "하지 마세요. 더 고민하고 공부하는 시간 가지고 책 보는 시간을 늘리세요."라고 하는데, 그런 여유를 못 가지시더라고요. 무턱대고 시작한 뒤에 우울증 걸리고 병까지 나는 분들도 봤어요. 저는 동네 구석구석에 책방이 있어야 한다고 생각해요. 하지만 온라인 서점이 생겨나고 도서정가제가 무너지는 것처럼 큰 파도, 작은 파도가 계속 밀려와요. 그럴 때는 운영하는 입장에서 견디는 힘이 필요하죠.

선생님은 그런 힘을 어디서 얻으시나요?

우리 서점 같은 경우는 제 문제를 해결하기 위해 시작했기 때문에 내면에서 그런 힘이 생기더라고요. 그래서 책방 준비하는 분들에게 이렇게 말해요. 간절히 하고 싶은 게 있으면 하라고, 책방은 이런 모습이어야만 한다는 정답 같은 건 없다고 말이죠.

애초에 <잠잠이 책사랑방>도 그걸 안 하면 병이 날 것 같아서, 무슨 무당병 걸린 것처럼 시작했거든요. 책방을 열 때도 그랬고요. 일단 하고 싶다, 그게 제일 중요했죠. 그 다음이 문화운동으로서의 책방이었어요. 운동에 앞서 제일 중요한 건 저였던 것 같고요. 사실 이제 저는 서점 안 해도 살아나갈 수 있다는 생각도 해요. 제 문제가 해결된 걸까요?

서점을 오래할 수 있었던 힘으로 빼놓을 수 없는 건 오랫동안 옆을 지켜준 책방 선생님들이에요. 책방 회원이었다가 함께 일하게 된 선생님도 계셨고, 아가씨일 때 처음 만나 엄마가 될 때까지 10여 년 세월을 같이 해준 분, 15년 넘게 함께 일하며 하나를 말하면 열을 알아서 해준 선생님들도 있었어요. 이런 분들이 있어서 여러 프로그램을 운영하면서도 서점이 단단하게 유지되어 온 것 같아요.

책방을 열고 계속하는 것도 참 쉬운 일은 아닌 것 같아요.

쉽지 않아요. 돈 벌 거라고 생각한다면 더 쉽게 포기할 거 같아요. 우리는 유료 독서 프로그램을 지속해 나가지만 그래도 매년 적자예요. 그나마 월세를 안 내고 자가로 서점을 운영하니까 적자를 메우기 힘들어도 유지는 하는 거죠. 물론 사업적으로도 잘 되어야 정상적인 서점이긴 하지요. 하지만 현실이 받쳐주지 않네요.

그러게요. 요즘 동네책방을 하는 사람들은 오복 중 하나가 건물주 복이라는 이야기를 농담처럼 하기도 해요. 좀 서글픈 일이죠. 자기 소유의 부동산에 책방을 차릴 수 있는 경우는 아주 드무니까 건물주라도 잘 만나야 그나마 있는 자리에서 오래 영업을 할 수 있다는 말인 거죠.

저희한테는 어느 정도 운이 따랐어요. 서점을 하라고 하늘이 도와줬던 것 같아요. 김 대표 퇴직금에 대출을 보태서 처음 샀던 건물 시세가 올라서 여기로 이사 오게 된 거죠. 그래도 1년에 몇천만 원씩 마이너스가 생기니까 부동산을 담보로 은행에서 빚을 내서 쓰고 있어요. 이 어마어마한 빚을 어떻게 감당할까 싶기도 한데, 언젠가 이걸 팔아서 한방에 갚으면 된다고 생각하죠. (웃음)

제가 한때 로또를 자주 샀어요. 서울에 있는 공동육아 가정을 가보니 너무 좋은 거예요. 당첨되면 공동육아 할 집을 마련하려고 로또를 계속 산 거죠. 마당 있는 집을 못 구해서 애먹었거든요. 그런데 서점을 하겠다고 로또를 산 적은 한 번도 없어요. 공동육아는 로또 당첨되면 하고, 서점은 무슨 일이 있어도 하겠다고 무의식적으로 생각한 거죠. 어느 순간 그걸 하늘도 아셨구나 싶었어요.

사회참여 활동,
서점 밖으로 걸어나가다

책을 읽다 보면 자연스럽게 사회 문제에도 관심을 가지게 되는 것 같아요. 그
렇지만 사회단체가 아닌 서점 입장에서는 관심을 풀어나가는 방식이 좀 달
랐을 것 같은데요.

1997년에 서점을 열자마자 정말 많은 단체에서 찾아오더군요. 서
명해달라거나, 이름 올려달라거나 그런 것들은 대부분 해줬어요.
남편이 월급 받을 때는 어느 정도 후원도 했고요. 그런데 같이 일
하자는 제안은 거의 거절했어요. 서점 일에 집중해야 한다는 생
각이었죠. 부산어린이서점연합을 만들고 전국어린이서점연합회
에 다녔지만 오래 지속하진 못했어요.

사회운동 단체들이 도서관을 만드는 게 유행일 때는 도서 목록을 만들어주는 식으로 도왔어요. 여기서 책을 사건 안 사건 제가 할 수 있는 일을 했어요. 돈이 없다고 책값을 좀 싸게 해달라면 그렇게 해주기도 하고요. 너무 안타까운 건 그렇게 만든 도서관이 유지되지 못하고 얼마 안 가 문을 닫는 거예요. 개소식을 거창하게 해놓고는 결국 없어지는 걸 많이 봤어요. 한편으로는 조직과 함께 활동하는 것에 대해 많이 고민해왔어요. 학교 때부터 오래 못 버티고 자꾸 그만뒀거든요. 조직 속에서 일하는 건 나랑 안 맞나 보다, 분란이 일어나면 내가 지나치게 불편해하는가 보다, 그걸 극복해야 되는데 이런 생각도 많이 했죠. 그러다 서점이 어느 정도 자리를 잡고 나니 제가 사회에 빚진 느낌이 드는 때가 있었어요.

함께 하자는 제안을 많은 단체에서 하셨다고 했는데. 어떤 곳들과 일을 하셨나요?

제일 먼저 만난 곳은 부산교육희망네트워크였어요. 우리 서점에서 회의하고 활동 공유도 했었죠. 공부 모임을 같이 하기도 했고요. 나중에는 회원 다수가 부산학부모연대를 만들기도 했어요. 저도 회원이긴 하지만, 시위 같은 활동에 적극적으로 나가진 못했어요. 그전에는 참교육학부모회 회원으로 전교조 선생님들과 부산교대에서 어린이날 행사를 새롭게 준비하기도 했어요. 보통 어린이날 행사를 대형 운동장 같은 곳에서 크게 벌이는데, 살펴보면 아이들보다 어른들 위주의 행사를 하잖아요.

저도 구덕운동장에서 어린이날 행사에 참여했던 기억이 나네요. 유치원에서 매스게임 같은 걸 연습해갔는데, 우리가 즐기는 날이라기보다는 어른들에게 선을 보이는 날이라는 느낌이 강했어요.

맞아요, 그런 점을 반성하면서 아이들을 위한 행사로 바꾸려고 노력한 거죠. 그 이후에 행사가 도서관이나 어린이 단체를 주축으로 각 구 단위로 흩어졌어요. 그 외에도 온천천 살리기 관련 행사나 대천천 살리기 할 때도 적극 참여했어요.

〈책과아이들〉을 처음 방문했을 때 '평화와 통일을 여는 사람들' 홍보물이 인상적이었어요.

그 팀과는 3년 정도 일했는데, 서점 선생님들이 항의할 정도로 열심히 했어요. "서점 안 하고 뭐 해요? 왜 거기 일을 그렇게 해요?" 이런 말을 꽤 들었죠. '평화와 통일을 여는 사람들(평통사)'이 부산에 자리를 잡기 전이어서 서점이 센터처럼 되어 버렸거든요. 임진각에 평화의 연 날리러 가고 광화문에 시위 가고, 길에서 서명도 받고 신나게 같이했죠. 임진각에 연 날리러 가던 날의 함성은 지금도 귀에 쟁쟁하네요. 사방으로 30명가량이 붙잡아야 뜰 수 있는 큰 연을 천으로 만들어 갔었어요. 근데 그날 비가 부슬부슬 오는 거예요. 천이 젖으니 날기 어렵잖아요. 몇 번을 곤두박질치는 걸 다 같이 힘을 합해 달려 언덕에서 연을 띄우는 순간, 그 기쁨은 모두를 하나가 되게 했죠. 교육희망네트워크 때와는 달리 책방 회원들과 선생님들, 이오덕 읽기 모임 회원들도 거의 다 참여했어요. 지금은 이름만 회원이에요. 부산 평통사에서도 센터 공간을 별도로 마련해서 열심히 행동하고 있지요.

사회참여 활동을 하면서 어려운 점은 없으신가요? 회원들 간의 견해 차이랄지.

보통은 책과 강연으로 접점이 생긴 다음에 하는 편이죠. 사회 이슈와 관련된 일을 십시일반 돕고, 우리가 주도적으로 한 부분씩 맡기도 했어요. 연극을 한다든지 노래를 한다든지 이런 식으로 참여했죠. 원래부터 제가 조직 참여는 느슨하게 하자고 얘기해 왔거든요. 거기서 뜻이 맞고 강한 조직을 원하는 사람들은 깊이 관계 맺으면 되는 거고요. 책방에서 함께 읽는 책, 함께 나누는 이야기가 자연스레 실천으로 이끌어주었던 것 같아요.

전국동네책방네트워크와
함께

〈책과아이들〉은 다른 책방들과의 네트워크 활동도 활발하게 하고 있으시잖아요. 그 이야기를 들어보고 싶네요. 전국동네책방네트워크(책방넷)를 창립할 때 김영수 대표님이 회장을 맡으셔서 기억에 더 남는데요.

〈책방이음〉과 고양에 위치한 〈행복한 책방〉이 모이자고 먼저 제안했지요. 동네책방의 활성화와 지속 가능한 운영이 주목적이었죠. 함께 하지 않겠냐는 전화를 받고는 우리가 아무리 바빠도 준비 모임이 열리는 일산에 올라가 보자고 김 대표한테 말했어요.

초창기에 어린이전문서점연합회를 만들었던 일이 생각났어요. 진주에 있는 〈이솝서점〉 대표님이 나서서 추진했는데, 그 당시 아이 키우면서 서점을 운영하거나 서점 일을 혼자 감당하는 곳이 많아서 전국 네트워크를 꾸리는 데 한계가 있었죠. 전국을 돌면서 몇 번은 모였는데 인터넷 서점 때문에 운영이 어렵다는 하소연만 하다가 결국은 흐지부지되었어요. 저 역시도 열심히 못했고요.

지금은 서점 직원들도 있고 애들도 다 컸고 여유가 있으니까 제 나름으로 선배라는 생각을 갖게 되더라고요. 우리라도 가줄 수 있지 않냐, 멀더라도 갑시다. 이렇게 된 거죠. 그리고 그런 마음이 쭈욱 이어졌어요.

전국동네책방네트워크를 하면서 특히 어떤 점이 좋았나요?

도서정가제 같은 비상사태 때 힘을 합치는 일도 물론 있지만 단체 대화방에서 아주 사소한 것도 질문하고 의논할 수 있는 게 참 좋았어요. 1인 서점을 시작하면서 외로웠거든요. 어디 물어볼 곳도 없어서 결국은 퇴근하고 돌아온 남편이랑 상의하고 그것조차도 바쁘면 마음에 묻어두고 지나가고 그랬죠. 그 외로움이 힘들었기 때문에 지금 막 서점을 연 다른 분들도 같은 마음일 거라는 생각이 들었어요.

이야기하다 보니 재미있었던 일이 기억났어요. <행복한 책방>에서 만화를 큐레이션 해서 납품해달라는 요청을 받은 거예요. 책방이 보유하고 있는 만화 목록이 얼마 되지 않으니까 좋은 만화 있으면 소개해 달라고 단체 대화방에 올린 거죠. 그러니까 단번에 몇백 권이 줄지어 올라오더라고요. 그 목록을 어떤 분이 엑셀로 정리해서 올리겠다며 자발적으로 나섰어요. 그러자 '행복한 아침독서' 한상수 대표가 어차피 우리도 해야 하는 일이니까 정리해서 올릴게요 하고는 수고해 주셨어요.

마침 저도 마당에 부스를 세워서 만화방을 따로 만들고 싶었거든요. 추천 목록을 찬찬히 살펴보니 우리 책방에 없는 책도 아주 많았어요. 나름대로 화면 캡처도 하고 노트에도 정리하고 있었는데 깔끔하게 분류해서 올려주니까 도움이 많이 됐죠. 그때 회전 서가를 하나 더 구매해서 만화 코너를 넓혔어요.

진상 손님 이야기가 올라오면 서로 달래주고 힘내자면서 화기애애해지기도 해요. 같은 일을 하지 않으면 이해하기 어려운, 정말 사소한 이야기를 나눌 수 있는 사람이 필요한데 동네책방네트워크는 저한테 그런 의미로 다가와요. 지금까지는 잘하고 있는 것 같고 앞으로도 그렇게 해나갔으면 좋겠어요. 큰일보다는 같은 일을 해나가는 사람들끼리 외로움을 달래주는 것만으로도 이 네트워크는 중요하다는 생각이 들거든요.

동네책방의 활성화를 위해 정책적으로 힘을 모으는 시도도 있나요?

책방이 지속 가능하려면 크게 두 가지의 유통 문제가 해결되어야 해요. 하나는 도서 도매상에서 책방에 공급할 때의 공급률 문제인데요, 온라인 서점, 대형서점 공급률과 동네책방 공급률은 많은 차이가 있어요. 동네책방엔 더 비싸게 책이 들어오니까 같은 책을 팔아도 판매 수익이 더 적어 생존하기 어려운 환경이 되는 거죠. 문화 사랑방 역할을 하는 동네책방을 전국 구석구석 어디서나 만나려면 온라인 서점, 중대형 서점 등 모든 서점에 동일한 공급률을 적용해야 해요. 독일의 경우 출판서점협회를 만들어 산간벽지 책방에 단 한 권이라도 동일한 공급률로 공급하고 있지요. 두 번째는 도서정가제입니다. 온라인 서점의 15% 할인과 무료 배송, 사은품 제공 등은 동네책방 존립 자체를 불가하게 해요. 독일과 프랑스에서 도서정가제를 엄격하게 법률로 정해 놓은 이유가 여기에 있지요. 우리나라처럼 동네책방이 자꾸 사라져 자연스레 독서 인구가 감소하는 사회로 가지 않기 위해 출판사와 서점이 힘을 합친 결과이지요. 유통의 문제를 해결하기 위한 정책 대안을 책방넷에서도 연구하고 있어요.

스스로 만드는 축제,
매일매일책봄

책방들의 네트워크라고 하면 좀 거창하고, 이웃한 책방들의 느슨한 연결이
라고 해야 할까요. 2018년에 시작한 매일매일책봄에 대해서도 이야기를 나
눠보죠.

제안 받았을 때 정말 좋은 기획이라는 생각이 들었고 기뻤죠. 우
리 동네에 있는 책방들과 함께 할 수 있는 일이 생기다니, 동료가
생겼다는 생각이 들어서 너무 반가웠어요. 이제야 우리 기획으
로 동네 안에서 문화를 가꾼다고 할 수 있는 부분이 생겨서 신이
났어요. 매일매일책봄, 어쩌면 이름을 이렇게 잘 지었노, 하면서
곧바로 발을 담그고는 열심히 참여했죠.

축제가 끝나고 뒤풀이에서 말씀해주셨나, 그 무렵 서점을 계속할지 말지 고민하고 있다고 하셨잖아요. 도무지 믿기지가 않았어요. 왕성하게 활동을 펼치고 있는데 그런 고민을 하셨다는 게 말이에요.

그때 재정적으로 힘들어서 땅을 팔기도 했어요. 책방 열고 20년 되던 때였는데, 그 고비를 넘기는 게 좀 힘들었어요. 일에 지쳐서 꾸준히 내던 소식지도 그만두었죠. 다른 사람들에게는 전혀 표를 내지 않았어요. 하던 일 그대로 하면서 쉬는 기간을 갖지도 않은 채 김 대표랑 둘이서만 계속 고민하던 중이었어요.

2017년 만남잔치 주제가 미야자와 겐지였는데 '좀 더 가볼까?'라는 표어를 내건 건 우리가 좀 더 가보자는 의미였어요. 그의 삶을 애니메이션으로 만든 <겐지의 봄>에 이런 장면이 있어요. 겐지가 수렁으로 계속 빠져들다가 어느 순간 '좀 더 가볼까?' 하면서 벌떡 일어나 뚜벅뚜벅 걸어 나오거든요. 어떤 계기가 있었던 건 아니고 순전히 자기 힘으로요. 그 부분을 보면서 저 또한 좀 더 가볼까 하는 마음이 쑥 들어오더라고요. 그렇게 결심하고 났을 때 매일매일책봄을 만나게 돼서 더 고마웠어요. 계속하겠다고 마음을 먹으니까 이렇게 좋은 일이 생기는구나 싶더군요. 큰 힘이 되었지요. 뒤이어 전국동네책방네트워크도 생기고 사방에서 좀 더 가보자 하더군요. (웃음) '멀리서 벗이 찾아오니 기쁘지 아니한가'라는 논어 구절처럼 곳곳에서 동지들이, 그것도 씩씩한 젊은 동지들이 나타난 거지요!

매일매일책봄 행사들 중에 기억에 각별히 남는 게 있을까요?

책방 선생님들이 책을 소개하는 생방송 북트레일러가 떠오르네요. 지금까지는 항상 제가 기획하고 주도하고 샘들이 따라오는 편이었어요. 별로 의견이 없길래 제가 그런 분위기를 잘 못 만드나 보다 자책하곤 했죠. 그런데 생방송 북트레일러는 각자 구상해서 개성 있게 준비하더군요. 그 과정에서 자발적으로 하는 힘을 키우게 된 것 같아요.

여러 서점이 함께하는 과정에서도 자발적인 분위기가 만들어져서 좋았어요. 제가 주도적으로 나서지 않아도 전체적으로 협의해서 일이 착착 진행되니까 유유히 흐르는 시냇물에 배를 타고 흘러가는 기분이 들었어요. 아무리 오래 서점을 했어도 제게는 그런 경험이 별로 없었던 거지요. 남들은 힘 안 들이고 일하는 것 같아 보인다고 칭찬하는데, 사실 우리 부부가 밤낮으로 물속에서 두 발을 휘저어대야 흘러갈 수 있었거든요. 어쨌든 매일매일책봄은 다 함께 모여서 하하호호 같이 놀기 위해 한다는 모토가 좋았죠.

정말 좋은 시절이었던 것 같아요. 축제 준비하면서 모여서 맛있는 것도 먹고, 서점에서 하는 일들 이야기도 나누고. 코로나 이후 일상적인 교류, 유희가 없어져서 많이 아쉽네요.

부산시 가을독서문화축제 같은 큰 행사를 준비할 때 그런 생각을 많이 했어요. 축제라는 게 없던 걸 거창하게 만들어서 보여주는 게 아니라 1년 내내 했던 것을 발표하는 자리가 되어야 한다고. 매일매일책봄은 평소에 교류하던 책방들이 모여서 각자 해오던 일을 엮어서 선보이는 거니까 이게 진정한 축제의 모습이구나 느꼈어요. 2020년에 했던 '저자 없는 북토크'도 좋았어요. 책방지기들이 만들어낸 거잖아요.

축제를 하면 책방지기들이 행사 준비하기에 바빠요. 전 그게 늘 아쉬웠거든요. 축제를 찾아주는 사람들을 위한 프로그램도 중요하지만, 책을 누구보다

사랑하는 책방지기들이 즐길 거리도 하나쯤은 있어야지 하는 생각이 들었어요. 저자와의 만남은 평소에도 자주 하니까 이번엔 책방지기들이 책 이야기를 나누면 좋겠다 싶어서 제안하게 되었죠.

그런 걸 계속 이어나가면 되거든요. 참여 서점들이 함께 만든 북마켓도 좋았잖아요.

맞아요. 여러 서점의 개성 있는 큐레이션을 한자리에서 둘러보고 책도 살 수 있는 자리였죠. 평소 영업하느라 다른 책방 가보기 힘들었던 책방지기들이 서로서로 가져온 책 구경하고 구매도 많이 했었죠. 참여한 서점도 다양하고 책방지기들의 세대도 각각이었잖아요.

마침 그 이야기하려고 했어요. 매일매일책봄 하면서 무척 좋았던 게 서점마다 주력하는 주제도 다르고, 운영하는 분들 연령층도 다양해서 새로운 에너지를 받는 느낌이었어요. 서로 다른 기호를 확인하면서 다양성을 느낄 수 있어 좋았죠. 제가 김 대표랑 예전 책방 있던 자리를 지나면서 이야기한 적 있어요. 저 집은 음악 서점 하고, 저기는 실버 서점 하고 저기는 사회과학 서점 해서 이곳이 책방 거리가 되면 참 좋겠다고.

책방에
힘을 보탠 사람들

앞서도 〈책과아이들〉이 20년 넘는 세월을 단단하게 버텨오는 데 주위 사람들의 힘이 컸다고 말씀하셨지요. 초기에는 어린 아이들 키우면서 동시에 서점을 운영했으니까 더 힘들었을 것 같은데요.

큰딸 기영이가 저 없을 때 동생들 돌보면서 책방 지키는 걸 딱하게 여기고 도와주신 분이 있어요. 바로 우리 서점 회원 번호 2번 선생님이세요. 저보다 한 살 많고, 같은 아파트에 살았더랬죠. 그분 아들과 우리 딸이 같은 초등학교에 다니기도 했고요. 급한 일 있으면 금방 내려갈 테니 언제든지 전화하라고 했어요. 제가 셋째를 업고 일하고 있으면 "우리 집에 데리고 갈게." 하고는 아이를 들쳐 업고 데려가기도 했어요. 서점을 옮긴 뒤에도 오랫동안 같이 일했지요. 도와준 사람들이 많았어요. 그때는 저 혼자 북 치고, 장구 치고 다 하던 시절이었거든요. 회원의 날인 금요일마다 제가 행사 기획하고, 옛날이야기도 직접 들려주고, 사회 보면서 아이들하고 대화도 나눴죠. 그림책을 일일이 한 장씩 찍어서 슬라이드로 보여줬는데 남편이 퇴근한 뒤에 초량에 있는 슬라이드 영상 만드는 곳으로 뛰어가서 작업하곤 했어요. 일주일에 한 번씩 그걸 하려면 얼마나 바빴겠어요. 혼자서 정신없어하는 꼴을 보고 동화 읽는 어른 모임하던 젊은 친구들이 "샘 읽으시는 것 보니까 저도 읽어줄 수 있겠어요." 그러는 거예요. "아, 좋지. 그럼 부탁해도 될까요?" 해서 그 선생님들이 자원봉사로 참여했어요. 서점이 교대 앞으로 이전하면서 유료 프로그램도 생겨서 이분들이 10년 넘게 직원으로 근무했고요.

가끔 보면 책방에 교복을 입고 있는 자원봉사자들이 있더라고요. 학생 자원봉사자 이야기도 해주세요.

혜화여고 교장 선생님이 우리 서점을 귀히 여겨 학생들을 자원봉사자로 많이 보내셨어요. 처음엔 토요일마다 책방에 오는 아이들한테 책을 읽어주기로 했어요. 그런데 유아들은 낯선 사람한테 책 읽어달라고 잘 안 하거든요. 학생들은 간절히 읽어주고 싶어 하는데 말이죠. 친해지라고 책 읽는 텐트를 쳐주기도 했는데, 아이들이 엄마하고만 들어가려고 해서 학생들을 더 슬프게 했죠. 그래서 청소하고 책 정리하는 활동으로 방향을 바꿨어요. 같은 학생들이 지속적으로 오면 쉬웠을 텐데 서로 오려고 해서 번갈아 오다 보니 유아들과 친해지기 역부족이었지요.

학생들이 자원봉사하러 와서 오히려 배워가는 것도 많았을 것 같아요.

학교에서는 탈핵, 평화 문제 같은 걸 잘 다루지 않는데, 여기 오면 그런 전시를 접하게 되잖아요. 처음 보고 엄청 감동하기도 하고, 관련 주제에 입문하기도 했어요. 들어는 봤는데 자세히는 몰랐다며 먼저 말을 걸어오기도 했고요. 사실 안 그래도 바쁜 토요일에 학생들이 오는 게 저희로서는 번거로울 때도 있어요. 거꾸로 저희가 봉사하는 기분이었죠. 그래도 교육적 차원에서 계속 오라고 했어요. 전시가 있을 때마다 설명도 해주고, 영상도 보여줬어요. 간식도 주고요. (웃음) 부산시에서 주관하는 독서 축제 할 때 그 아이들에게 탈핵, 평화, GMO를 주제로 한 부스를 맡겼어요. 관련 책 정리하면서 표지라도 보게 한 거죠. 청년, 청소년이 자원봉사 하는 곳은 우리 서점밖에 없었어요.

고교 시절에 탈핵이나 GMO 같은 사회 문제를 접하기가 힘들잖아요. 우리 세대만 해도 대학 가서야 그런 이야기를 들었던 것 같아요. 그 아이들은 책방 덕분에 일찍 접하게 된 거군요.

우리는 책방이라 봉사 점수를 못 주거든요. 학교에서 대신 주는데 방학에는 학교에서도 봉사 점수를 줄 수가 없어요. 그런데도 아이들이 방학에도 상관없이 계속 오더라고요. 아이들에게 산 공부가 된다고 생각한 건 우리나 그 학교 선생님이나 마찬가지였나 봐요. 모두에게 번거로운 일이지만 교육이 일어나는 현장인 거죠. 코로나로 중단되어 아쉬운 일 중 하나예요. 서점으로 인연 맺은 사람들이 정말 많아요. 저는 서점 속에서 세상을 보고 살았어요. 진짜 별의별 사람들이 많은데 또 어찌 보면 사는 게 다 비슷하기도 해요. 요즘 4, 50대 엄마들은 부모님 이야기를 많이 해요. 예전에는 자식들 이야기, 남편 이야기 했는데 이제는 부모님 돌봐야 하는 시기니까요. 하나같이 어째 그래 똑같노 하면서 서로 맞장구도 치고요. 서점이 사랑방이 되는 거죠.

제가 '미용실만큼 많은 동네책방을'이라는 표어를 만든 적이 있어요. 어린이도서연구회 모토로 '우체통 수만큼 많은 책사랑방'이 있었고요. 그 당시에는 공공도서관이 접근성이 떨어지는 산비탈에 자리 잡고 있어서 아파트든 교회든 어디든지 아이들이 책 읽을 공간을 많이 만들자는 차원에서 그런 얘기를 했었어요. 결국은 우물가나 미용실이나 똑같은 역할을 한다고 생각해요. 동네책방도 그런 사랑방 역할을 할 수 있지요.

책방 선생님들

다양한 책방 일을 맡고 있는 선생님들 이야기도 들려주세요.

최근 이야기를 하나 하자면, 책방 막내 시우샘이 처음 왔을 때 열여덟 살이었어요. 첫 사회 경험이라 실수도 잦았는데 열심히 하면서 성장했어요. 큐레이션 해놓은 것도 그렇고, 정성을 많이 들여요. 그러다 군대 갈 때가 되어서 휴직을 할지, 퇴직을 할지 정해야 하는데 이 친구가 휴직하고 싶대요. 왜 그러냐니까 퇴직을 할 경우에는 퇴직금이 발생하니까 서점에 부담이 될까 봐 그렇대요. 이렇게 막내까지 걱정해주니 우리 서점이 든든하죠. 또 인수인계 과정에서 시우샘이 효주샘에게 이런 이야기를 했대요. 진짜 일을 제대로 배우려면 1층으로 내려와야 한다고. 그 이야기를 듣고 빵 터졌죠. 2층 담당 효주샘이 1층 시우샘보다 열 살 넘게 많거든요. (웃음) 1층 서점 일이 정신없고 끝이 없는 편이라 서로 안 하려고 하는데 이번에 효주샘이 자발적으로 1층으로 내려온다고 했어요. 책방이 어떻게 돌아가는지 배우길 바랐던 거죠. 아무리 그래도 망설여지지 않았겠어요? 그런데 시우샘이 마침 그 이야기를 했던 거죠.

전체 선생님들과 함께 회의를 하기도 하나요?

회의할 시간이 잘 없더라고요. 전체 회의는 한 달에 한 번 정도 하고 있는데, 최근 들어서 정례화한 거예요. 어쩌다 한 번 회식 겸 회의를 하거나 단톡방에서 매일매일 업무 전달이나 의견을 나눠요.

선생님도 여러 명이고 활동하는 공간도 각각이어서 활동 방향을 맞춰가는 연수가 필요할 것 같은데요.

초창기 샘들은 스스로 공부했어요. 어린이 문학을 즐겨 공부하는 분들이 모였거든요. 그러다 규모가 커져서 그런지 나중에 온 분들은 공부할 여유가 별로 없더라고요. 최근에 들어온 선생님에게는 작가와의 만남에 자유롭게 참여하거나 중학생 인문학에서 다루는 책들을 같이 보자고 해요. 참여해서 공부하다 보면 같은 방향을 바라보게 되니까 그게 결국은 직원 연수랑 다름없더라고요.

처음에는 어쩔 수 없지만 몇 년이 지나서도 여전히 어린이 문학의 의미가 뭔지 모른다면 부끄러운 거라고, 스스로 꾸준히 공부하라 말하곤 해요. 그게 안 되는 사람은 결국 떠나게 되더라고요. 책방 행사에 참여하는 게 다 공부인데 빠지고, 지각하고, 담당 구역 청소 안 하는 사람은 같이 일 못한다고 제가 엄포를 놓죠. 그게 제가 기본이라고 생각하는 세 가지예요. 자기가 사는 곳은 자기가 청소해야 한다는 말은 간디가 했어요. 심지어 부인한테 불가촉천민과 같이 지내는 구역까지도 청소하라고 해요. 부인이 거길 내가 왜 청소해야 하냐고 따지니까 이 비폭력주의자가 부인을 때리기까지 했대요. 잘못된 일이지만 어쨌든 그 정도로 청소를 중요하게 생각했다는 거죠. 기도, 산책, 청소 이 세 가지를 제대로 할 수 있어야 사람이 된다고 했죠.

간디가 기도, 산책, 청소를 강조했다면 〈책과아이들〉은 지각 안 하기, 공부, 청소 이렇게 세 가지를 중요하게 여기는 거네요.

워낙 책방에서 하는 프로그램이 많으니 결국 거기서 얻는 게 제일 많지요. 1년에 한 번 워크숍도 가요. 책과 관련된 곳을 방문하며 연수 자료도 만들어 가지요. 작년에는 제주도에 3박 4일 다녀왔어요. 제주 책방 투어와 제2공항이 제주 자연 마을에 미치는 영향을 주제로요. 그전엔 일본으로 원화 전시와 책방, 도서관 투어를 갔었고요. 지금도 코로나만 아니면 일본 미야자키현에 있는 키죠 그림책 마을에 가자 하고 있는데, 못 가서 샘들이 답답해 해요.

책방을 거쳐간 샘들 중에 책방을 하고 있는 분들도 있나요?

박정하 샘이 통영에서 <삐삐책방>을 하다가 얼마 전에 그만뒀어요. 그분이 〈책과아이들〉에 계실 때 일을 참 많이 했어요. 대학

교 3학년 다니다가 휴학한 시점에 책방에 찾아왔는데 졸업하고
도 2년인가 더 하다가 그만뒀어요. 정하샘이 그만둘 때 무척 아
쉬웠어요. 지금도 다람쥐같이 계단을 또르르 굴러내려올 것 같
아요. 부지런히 일하더라고요. 애들한테도 잘하고 참 친했고요.
어린 나이에 용감하게 책방을 열고 여러 가지 힘든 일도 있었을
테지만 나중에 그게 또 어떤 싹을 틔울지 모르죠.

졸업하고도
찾아오는 아이들

책방을 오갔던 아이 중에 기억 나는 친구가 있나요?

D라는 아이가 생각나네요. 엄마가 선생님이라 할머니가 그 애를 키웠어요. 걸음마 시작하면서부터 할머니 손잡고 근처 빵집에서 빵 하나를 사서는 서점에 들어오곤 했어요. 돌이 조금 지난 아이가 엄청 즐거워하면서 우리한테 빵을 나눠줬죠. 그러고는 할머니와 책을 봤어요. 갈 때마다 늘 책 한 권씩 사 갔고요. 그러다가 나중에는 공동육아도 같이 하게 되었어요. 초등학교 때부터는 독서 모임도 함께 하다가 중학교 2학년 때 뉴질랜드로 가게 됐어요.

D는 한국에 들어올 때마다 서점에 꼭 들러요. 올 때 얼굴 봤는데도 갈 때 못 보면 죄송하다고 그러고요. 얼마 전 군대에서 첫 휴가를 나왔어요. 그런데 서울에 있는 부모님 집이나 부산 할머니 집에 가기 전에 여길 먼저 왔더라고요. 이번엔 빵 대신에 달팽이 크림 화장품을 줬어요. 요새 유행하던데 군인은 싸게 살 수 있다면서요. 발라보니 참 좋데요. 갖고 있던 어린이책도 기증해 주어 거기에다 D가 준 책이라고 딱 붙여놨죠.

D처럼 아이들이 커서도 연락하거나 찾아오는 일이 꽤 있나요?

<책과아이들>에서 함께 책 읽고 공부했던 아이들이 고등학교, 대학교 가서도 한 번씩 연락하곤 해요. "선생님, 그때 우리 이런 이야기를 했는데, 그 책 어느 부분에 나왔었죠?" 하면서 전화해요. "자료집에 참고도서 있잖아." 그러면 "아, 맞다." 그래요. 자료집을 만들어 놓고도 경험이 없어서 이용할 줄 모르는 거죠. 알려주면 그제야 들추어 보고는 가치를 알게 돼요.

고등학교에서는 입시 공부하느라 깊이 있는 공부를 못하죠. 아이들도 그걸 알더라고요. 학교에서 공부하는 수준이 얕으니까, 주

제가 겹치면 책방에서 했던 걸 써먹기도 하더군요. 새로운 걸 해야지 다시 써먹으면 네 손해라고 말해도 아이들은 편하니까 그렇게 하지요. 논술대회나 조별 숙제에서도 또래 중에서 먼저 주제를 제안하고 이끌어가는 경우가 많아요. 여기선 얌전하던 아이가 말이에요.

대학 가서 가치관과 현실이 충돌하면서 흔들리는 아이도 있지요. 한번은 같이 모임하던 아이들 모두 대학생이 된 뒤에 한자리에 모여 고민을 나누는데 끝이 없더라고요. 옆에서 가만 들으니 여자아이들이 그 나이엔 더 단단하더군요. 그날도 동기 아이들과 제가 군대와 전공으로 고민하는 남자 아이들을 많이 응원했죠.

성인이 된 아이들을 만나면 느낌이 남다를 것 같아요.

작년 12월인가, 청소년 인문학 10기 아이들이 대학 진학을 앞둔 시기였어요. 성인이 되었다고 자기들끼리 모여서 술 한잔 했나 봐요. 밤 12시가 다 되어서 저한테 전화를 한 거예요. 약간 취해가지고 "선생님, 저희 지금 자갈치에 있는데요, 서점 가도 돼요?" 하더라고요. (웃음) 정말 귀여웠어요. 어떻게 하겠어요, 오라고 하니까,

우루루 와서는 할머니가 만들어 놓은 쿠키도 먹고, 야쿠르트도 먹으면서 "우와, 추억의 쿠키다!", "추억의 야쿠르트다!" 이러면서 얼마나 즐거워하던지. 재즈 피아노 하는 친구가 취한 채로 한 시간 내내 피아노를 치다가 정신 차리고 돌아가기도 했어요.

'책방을 기억하는 친구들 모임'이 있어서 한번 모이면 30명 가까이 와요. 1박 2일을 같이 보내면서 서점에 다녔던 시기나 경험은 달라도 선후배가 돼요. 서로 어떻게 지내는지 이야기 하다 보면 자연스럽게 진로 교육도 되고, 진학 상담도 되고요. 모두가 대학 가는 것도 아니고, 굉장히 다양하게 살아가고 있거든요. 저는 그 모임이 좀 더 자발적으로 운영되고, 활성화되기를 바라요. 그리고 그 아이들이 나중에 결혼한다면 자기 아이들을 데리고 와서, "자, 여기 잠잠이 할머니 선생님이야." 하고 저를 소개해주길 바라는데, 너무 큰 꿈인지 모르겠네요. 처음 모임 만들 때 아이들 어릴 적 모습을 보여주려고 사진도 골고루 넣어 책방의 역사를 담은 영상을 만들었어요. 아이들의 성장이 곧 책방의 역사더라고요. 지금은 성인인 아이들이 그 영상에선 유아, 초등 저학년인데 얼마나 반갑던지 아무개다, 아무개다 막 소리치기도 했어요.

함께 볼 영상
〈책과아이들〉의 역사(2016년 '책방을 기억하는 친구들 모임'에서 상영)

기억에 남는 남매

〈책과아이들〉을 운영하면서 제일 기억나는 아이가 있다면요?

제가 안 울고 얘기할 수 있을지 모르겠어요. 제일 기억에 남는 남매가 있는데, 중3까지 같이 가지는 못했어요. 안 본 지 한참 되었네요. 지금은 둘 다 성인이에요. 처음 만났을 때 오빠는 초등 3학년이고 동생은 1학년이었어요. 독서 모임에 남매가 각각 참여했는데, 여자아이가 굉장히 명랑했어요. 집안 사정을 물어보지도 않았는데, 저한테 와서 먼저 얘기하더군요. "아빠가 교통사고로 돌아가셨고요. 엄마랑 살아요. 저는 유복자예요." 그런 이야기를 하면서 다른 사람에게 쉽게 다가가는 아이가 잘 없잖아요.

속으로 '성격이 좋다, 엄마가 잘 키웠네.' 이런 생각을 했어요. 둘 다 항상 즐겁고, 구김살 없는 순박한 아이들이었어요.

아이들 엄마는 선생님이었는데, 어느 날 유방암에 걸렸다는 소식이 들렸어요. 자연 치료를 결심하고는 병원에도 안 가고, 학교도 그만뒀대요. 그 무렵 서점에 자주 보였어요. 치료가 잘 됐으면 좋겠다고 생각했는데 얼마 후 돌아가신 거예요. 마음이 너무 안 좋아서 장례식장에 갔더니, 그동안 받은 게 많았다고 부조를 안 받겠다는 유언을 남겼더라고요. 그런 분이었어요. 아이들은 사촌들하고 휴대폰 게임을 하고 있더군요. 상상했던 것과는 다르게 무심하더라고요. 슬픔에 빠져 있을 줄 알았거든요. 한편으로는 다행이다 싶기도 했어요. 나중에 소식을 들으니 남매를 친척들이 따로따로 키웠더라고요.

정말 마음이 아팠겠어요. 그 뒤에 아이들을 만난 적은 없었나요?

한참이 지나도 그 아이들이 마음속에서 떠나지 않았어요. 그런데 어느 날 걔들이 고등학생, 중학생이 되어 찾아온 거예요. 남매가 오랜만에 만나서 엄마랑 같이 갔던 곳에 가보자 했는데, 그곳이 바로 <책과아이들>이었대요. 교대 앞에서 만나 예전 책방 있던 자리에 가보니 없어졌더라는 거예요. 너무 속이 상해서 그냥 가려고 하다가 지금 서점 간판을 보게 된 거죠. 간판을 크게 붙이길 잘했다고 생각했어요.

개들이 어릴 때 책방에서 저랑 시 모음을 했던 공책을 안 찾아가서 제가 보관하고 있었어요. 얘기했더니 보여달라는 거예요. "선생님, 우리 이렇게 못했어요? 아, 창피해." 하면서 안 가져간대요. 그래서 알겠다고, 내가 가지고 있겠다고 했어요. 한 번씩 오라고 했는데 그 뒤에는 못 봤어요. 오빠와는 페이스북 친구가 되었는데, 소식을 잘 안 올리더라고요. 대학에 간 것까지는 알아요. 둘 다 졸업했을 나이죠. 그 애들이 제일 기억에 남아요.

사람들이 저한테 서점 언제까지 할 건지 물어보거든요. 없어지면 안 된다고도 하고요. 어떻게 보면 그 남매에게 중요한 장소일 수도 있잖아요. 그 아이들이 언젠가는 자기 아이들을 데리고 다시 찾아올 수 있으면 좋겠어요. 그런 만남까지 이어지면 좋겠다, 싶은 생각을 해요.

서점 지원사업에 대해

각종 서점 지원사업에 대해서도 이야기 나눠봤으면 해요. 저는 늘 고민이 되더라고요. 내라는 서류도 많고, 어떤 사업들은 경쟁률도 높아서 자칫하면 선정되기 쉬운 방향을 의식하게 되고. 그럴 땐 회의감도 들었어요.

한 반 나들이나 그림책 교실 등 유료 프로그램에서 마련된 자금을 작가분들 모실 때 사용하곤 했는데, 사실 그것만으로는 충분하지 않았어요. 늘 자금난에 헉헉거리는 모습을 본 기자들이나 관계자들이 이런저런 지원사업이 있다고 소개해 주시더라고요. 그런데 당시 서점은 영리사업으로 분류되어 있어서, 우리한테 해당하는 사업이 거의 없었어요. 그렇다고 후원회원을 만들고 싶진 않았고요. 두근두근 당당하게를 통해 회원간 친밀도가 높아져 평심마을문화원이라는 이름으로 비영리단체를 만들면서 지원금을 받을 수 있게 됐죠.

지금은 서점이 생활문화시설로 인가되면서 지원사업이 많이 생겼어요. 서점을 영리시설로만 보지 않고 문화시설로도 인정하는 근거가 마련된 거죠. 아주 최근 일이에요. 그 뒤로는 지원금 덕택에 서점 행사를 이끌어 나가요. 서점 회원 아니고, 책 안 사는 사람들도 다 환영합니다. 그렇게 행사장에 늘 4~50명씩 모여요. 100명 가까이 모이는 행사도 있고요.

지원사업을 하는 서점들이 비슷한 어려움을 호소하더라고요. 무료 행사라고 당일에 불참을 해버린다던가, 프로그램에 대해서 충분히 알아보지 않고 와서는 무례한 행동을 한다거나. 무엇보다도 북토크만 달랑 듣고 가는 경우가 많아서 고민하시더라고요. 서점의 책을 구매해줬으면 하는 바람은 단순히 매출의 문제만은 아닌 것 같아요. 오신 분들과 책을 통해 서로 소통하는 것이 서점의 역할이잖아요. 책을 사지 않고 서가도 거의 둘러보지 않는다면 행사를 열어서 좀 더 많은 사람들과 소통하겠다는 책방지기의 바람과는 거리가 멀어지는 거죠.

작가 선생님들이 <책과아이들>에 가면 행사 진행을 재미있게 잘 한다는 얘기를 많이 하더라고요. 학교 같은 데 강연을 가보면, 아이들이 책을 안 읽고 와 있으니까 일방적으로 뭔가 해줘야 하는데 여기는 그렇지 않으니까요.

많은 작가님들이 서점에서 북토크 하는 걸 선호하는 것 같았어요. 구청 단위나 더 큰 기관에서 하는 행사는 강연료가 훨씬 더 많긴 해도 독자랑 만난다는 느낌은 덜하다고 하더라고요. 그날의 분위기라고 해야 하나, 그런 마력이 있는 것 같아요. 독자들의 반응에 작가님들이 상기되어서 평소 안 하던 속 이야기도 더 해주시고, 분위기가 후끈 달아오르는 경우도 많죠.

도서관 등에서 행사 기획을 어떻게 하는지 저에게 문의하는 경우가 있어요. 쉬운 길이 있어요. 우선 관련 책을 다 읽어요. 그러다 보면 저절로 길이 나오지요. 앞서 '경전'과 '길'의 유래가 같다고 이야기했듯 책은 어떤 길도 다 보여주는 것 같아요. 좀 더 먼 길이나 방향도 보여주지만 당장 행사를 치러내는 일처럼 코앞의 길도 다 보여줘요. 그런데 쉬운 길 놔두고 딴 데서 찾는 거예요. 좁은 길로 가면 안 돼요.

다양한 서점 지원사업 중에 '작가와 함께하는 작은서점 지원사업'^{문화체육관}
_{광부가 주최하고 (사)한국작가회의가 주관, 문학작가의 일자리를 창출하고 작은서점을 활성화하고자}
_{2018년 시작되었다}은 좀 특별하다고 느꼈어요. 서점 운영에 실질적인 도움도 크
게 되었던 것 같고요.

맞아요. 안미란 작가가 상주하면서 우리한테 힘을 엄청 많이 실
어줬어요. 제가 진행하던 모임, 활동 같은 걸 선생님이 많이 맡
아주었죠. 샘이 점점 익숙해지면서 작가 지원사업 관련한 사무적
인 일도 다 처리해주시고 해가 거듭될수록 더 쉽게 했어요. 우리
는 거점 서점이었는데, 사업을 통해 연대하는 서점들이 생긴 것
도 힘이 되었죠. 전국 단위가 아닌 딱 우리 동네책방들끼리 연대
감이 늘어나 좋았고, 서로 만날수록 아이디어도 늘어났고요. 공
동서가를 만들어서 각자의 공간에서 연대 책방도 알리고 다양한
책도 알리고 있죠.

작가 입장에서는 어떤 도움이 되었을까요? 안미란 작가님은 4년째 해오고
계신데요.

안미란 작가님은 독자들과 직접 만나면서 창작 활동에 도움을 받았다고 이야기했어요. 작가님 전작을 읽는 모임, 작가와 같이 책을 읽고 독서토론하는 모임도 있었어요. 작가님 작품으로 하는 행사가 많다 보니 숙제도 많이 생기고 힘을 많이 받았다고 하더군요. 이 사업은 일회성으로 끝나는 게 아니라 여러 해에 걸쳐 지원이 이루어지다 보니 성과도 꾸준히 쌓을 수 있는 것 같아요. 어떤 지원사업은 두어 번인가 지원금을 주더니, '너희 서점은 잘하니까.' 하면서 더는 안 주더라고요.

공공도서관과
하고 싶은 일

도서관과 협업을 하면서 느낀 점이 있으시다면요?

서점과 연계하면 좋은 책을 수서할 수 있다는 말씀을 도서관에 많이 드리죠. <책과아이들> 초창기에는 도서관 사서들이 서점에 와서 수서를 했어요. 그때는 도서정가제가 정착되지 않아서 우리가 골라준 책 목록을 적어만 갔어요. 그런데 요즘은 정가제를 시행하니까 어느 서점에서 책을 사도 상관없는데 수서 자체를 안 해요.

동네책방 주인장들이 애써 큐레이션한 책들을 사서가 직접 보면서 수서하면 얼마나 좋을까요? 독자의 요구와 맞아떨어지는 책을 비치할 수 있잖아요. 책방 입장에서는 재고가 회전되니까 좋은 신간을 또 들일 수 있고, 도서관은 전문적인 수서를 할 수 있어 좋고요. 다양한 분야에 마니아들의 취향이 자연스레 반영되는 것이고 동네책방의 운영에 좋은 영향을 주어 지역문화를 살리는 일이에요. 저희 생각에 공감한 사서 한 분이 책방에 있는 책으로 도서 목록을 만들어 납품해 달라고 하더군요. 그런 사례가 제도화 될 수 있게 꾸준히 의견을 내고 있어요. 무엇보다 사서들은 책을 꿰고 있어야 한다고 생각해요. 수서 업무에서 내용 파악은 물론이고 적어도 자기가 좋아하는 분야에 있어서는 전문가가 되어야지요. 그러려면 사서가 책도 읽고, 천천히 일할 수 있는 여건을 만들어줘야 해요. 행사 치러내는 것보다 그게 더 중요하니까요. 책을 꿰면 기획이 되거든요. 그렇게 행사를 치르면 돼요. 결국은 책이 중심이 되는 거죠. 책 빼고는 아무것도 안 나와요.

여력이 있다면 도서관에 기획을 전담하는 직원이 있으면 좋겠죠. 서점이랑 협업하는 것도 방법이라고 생각해요. 다양한 서점들과 어떻게 관계 맺을 건지에 집중하는 거죠. 최근에 많이 생겨난 소규모 서점들이 도서관의 기획에 힘을 보탤 수 있으니까요. 물론 도서관 자체에서 기획팀을 꾸리고 잘 운영하면, 그 분야의 전문가가 나오게 되어 있어요.

　어쨌든 도서관과 동네책방은 수서뿐 아니라 독서행사 기획에 있어서 협업한다면 지역 주민의 요구에 더 근접한 일을 도모할 수 있다고 생각해요. 그 과정에서 협업의 의미를 알아주면 기획에서 실행까지의 성과가 좋지 않을까 싶을 때가 많아요. 갑을 관계가 아닌 쌍갑 관계가 진정한 협업이겠지요. 각 지자체 별로 점차 관심이 높아져 다양한 사업을 만들어내는 중이에요. 특히 부산의 경우, 책방의 독서동아리를 지원해주는 책 플러스 네트워크 사업, 가까운 서점에서 책을 바로 빌리는 지역서점 바로대출 사업 등은 세심하게 다듬어가면서 점점 자리를 잡아가는 좋은 사례죠.

24시간 열려 있는
소극장을 꿈꾸며

2021년 2월에 했던 13회 두당 공연 말미에 소극장 건립을 제안하셨잖아요. 어떤 계기로 소극장을 생각하게 되셨나요?

두당 연극을 실현할 공간이 부족하다고 느낀 게 첫 번째 이유고요. 또 하나, 김 대표가 일본 갔을 때 본 공간이 영감을 줬어요. 어느 마을에 현립 체육관 같은 곳이 있었어요. 김 대표가 저녁에 검도를 하러 갔는데 유단자인 마을 할아버지들이 나와서 자연스럽게 사람들을 지도해주는 거예요. 하나의 동네 문화인 거죠. 검도뿐만 아니라 다른 분야도 그렇게 할 수 있잖아요? 아이들이 나와 놀 수 있는 공간으로 동네마다 체육관, 소극장이 있으면 참 좋겠다 싶었죠. 아이들 안전을 걱정할 때 이런 공간 하나만 있으면 딱이에요. 춤추고 싶은 애들이든, 연극하고 싶은 애들이든 뭔가 하고 싶은 애들은 마음 놓고 이용할 수 있는 곳이요. 늦은 시간에도 뭔가 작당을 할 수 있는 공간, 어른들도 알고 있는 안전한 공간, 학교나 공공기관을 빌려 쓰는 차원 말고 마을 단위의 공간이 참 필요하단 생각을 했어요.

또 최근에 다시 생각하게 된 건 우리가 벌인 일이 젊은 세대로 이어지든지 아니면 없어지든지 둘 중 하나가 되겠더라고요. 결국은 젊은 사람들에게 넘기자는 쪽으로 방점이 찍혔는데 그러자면 조금 더 규모가 커져야 한다는 생각이 들었어요. 그래야 신나겠죠? 지금 이 규모 가지고는 먹고살기 힘들거든요. 그래서 젊은 사람들의 일터를 좀 더 만들자. 우리가 해야 할 건 나이 든 사람들로서 어느 정도 기반을 닦아놓는 일이죠.

물론 앞으로 이어서 맡아 하게 될 사람들의 몫이 크겠지만 지금 시점에서 어떤 모습을 구상하시는지?

상시적인 연습실 같은 게 있으면 좋겠고, 지금 서점에서 일상적으로 하고 있는 작가와의 만남이나 연극도 다 소극장에서 했으면 좋겠어요. 그런 공간을 만들어내면 거기서 또 다른 프로그램들이 생산될 수 있을 거예요. 관이나 극단에서 운영하는 소극장도 많지만, 우리는 지금까지 해왔던 걸 연장해서 만드는 거니까 대안적인 형태가 나오지 않을까 기대해요. 연극만을 위한 소극장이 아니라 다양한 문학적 활동을 위한 프로그램도 생각해볼 수 있고요. 우리는 어린이 문학이 중심이니까 어린이, 청소년에 방점이 찍히겠죠. 그런 공간이 마을 사람들 것이면 좋겠어요. 언제나 열려 있는, 24시간 편의점 말고 24시간 소극장.

저걸 내가 다
못 읽을지도 모르겠네

그동안 책방 운영하시면서 정말 많은 책을 읽으셨을 것 같은데요.

『도서관』이라는 그림책이 생각나네요. 엘리자베스 브라운이라는 인물을 보면서, '나는 저렇게 책을 좋아하지도 않았는데.' 하는 생각을 했어요. 지금도 저는 얘기해요. 그렇게 책 안 좋아한다고. (웃음)

2019년 9월에 제가 아프다는 소리를 들었을 때, 제일 먼저 떠오른 생각이 뭐였냐면 '어, 난 아직 읽을 책이 많이 남았는데.'였어요. 읽고 싶어서 사놓은 책들도 되게 많은데, '저걸 다 못 볼지도 모르겠네.' 하는 생각이 들더라고요. 그러면서 그 외에 가지 쳤던 일들을 정리하자는 생각이 들더군요. 치병 시간이 필요해졌으니까요.

얼마 전부터 그림을 그리고 싶어 드로잉을 배우고 있었어요. 아프다는 이야기 듣자마자 제일 먼저 선생님께 전화해서 "제가 그림 숙제를 못 내겠습니다." 하고 정리했어요. 원래도 바빠서 잘 못 내고는 있었지만 여유가 있으면 책방 일부터 해야겠다는 게 선명해졌어요. 또 책방 일을 하면 늘 한곳에 붙박이로 있으니까 돌아다닐 수가 없잖아요. 그래서 여행에 대한 욕구가 컸어요. 남편이 제게 책방 그만두고 여행 다니자더군요. 제 소원을 들어주고 싶었나 봐요. 그러나 그것도 아니라는 생각이 들더라고요. 그렇게 하나씩 정리가 잘 되었어요.

책방 일을 한 건 하나도 후회하지 않아요. 여한 없이 신명나게 했다는 걸 알겠더라고요. 참 잘했구나 하고 저를 칭찬할 수 있어 다행이에요. 아파보면 알아요. 하고 싶은 거 신명나게 해! 말할 수 있어요. 지금도 엘리자베스 브라운처럼 책만 끼고 살지는 않아요. 기운이 남으면 습관대로 일부터 하곤 하지요. 그래도 많은 일을 책방 식구들에게 넘겼고 침대에서 할 수 있는 일을 해요. 기획과 홍보 업무에서 조금씩 더 떨어져 나와야 하긴 해요. 시간과 몸이 알려주는 대로 그리 해야지요. 자연스러운 일이죠.

"책방 일을 한 건 하나도 후회하지 않아요.

여한 없이 신명나게 했다는 걸 알겠더라고요.

참 잘했구나 하고 저를 칭찬할 수 있어 다행이에요."

닫는 글
강정아

"서점은 내가 할게." 하고 좌충우돌한 지 25년이다. 두서없이 긴 얘기를 하고 또 무슨 남은 말이 있으랴. 그저 고마운 이들을 마음에 다시 새기고 싶다. 그들도 다 헤아리기 힘드니 이 면에서 놓칠까 꼽기가 망설여진다.

소식지에 여러 차례 감사 말을 적은 권정생, 이오덕, 임길택, 이현주, 하이타니 겐지로 선생님들. 이 다섯 분의 공통점이 있다. 지금까지 수많은 작가님을 우리 책방에 초대했음에도 이분들은 모시지 못했다는 점. 감히 그럴 용기를 내기 힘든, 나에겐 큰 어른이셨다. 그러다 한 분씩 유명을 달리했고, 마지막으로 용기 있게 이현주 목사님과 약속을 잡았는데 갑자기 청력에 이상이 생기셨다는 연락으로 무산되었더랬다. 그분들의 글, 동화, 시, 소설은 <책과아이들>의 네비게이션이 되어 늘 끌어주셨다. 이 일을 하지 않았다면 줄곧 그 목소리에 귀 기울일 수 있었을까?

　4층 북스테이 공간에 '<책과아이들>을 만든 책들' 서가가 있다. 권정생의 『오물덩이처럼 딩굴면서』, 이오덕의 『시정신 유희정신』, 임길택의 『탄광마을 아이들』, 이현주의 『호랑이를 뒤집어라』, 하이타니 겐지로의 『아이들에게 배운다』와 같은 책들이 대표로 꽂혀 있다. 2층 '몽실언니방'엔 이분들의 다른 책들까지 다 모여 있다. 이 서가는 <책과아이들>에 오셨던 분들 자리인데 가능한 모을 수 있는 전작을 꽂아둔다. 그러나 위에서 언급했던 다섯 분들 책은 비록 책방에 초대를 못했음에도 이 코너에 함께 있다. 나는 여기서 '어린이 문학정신'이란 고갱이를 발견했다.

　다음으론 많은 아이들이다. 나는 아기나 유아들이 하지 않은 얘기도 들리는 듯할 때가 있다. 그래서 책을 골라줄 때도 아이 얼굴을 꼭 보고 싶다. 잠시라도 한 공간에서 숨 쉬면 책이 척 골라진다. 이제는 그 감도 떨어져 가는 것 같다. 아이들을 못 만나고 있으니 '와, 잘한다!' 하고 나 자신을 칭찬할 기회가 좀처럼 없다. 다시 아이들과 부대끼며 소리 높여 책도 읽어주고 소곤소곤 시와 옛날이야기를 들려주고 싶다. 요즘은 한 살 먹은 강아지 강이의 바디 랭귀지를 알아들으며 '역시 타고난 능력이었어, 그 덕에 어린이 책방을 한 거야.' 하고 재확인한다.

수많은 아이들이 스쳐갔다. 책방이 넓어지자 제집이 커진 것처럼 기뻐하던 아이들, 좁아도 이전 책방이 더 재밌었다며 새집에 낯을 가리던 아이, 마냥 친구들이 좋아 책방에 뛰어드는 아이, "잠잠이샘 사랑해요." 하고 속닥여주는 아이, 책읽기는 신나는데 글쓰기엔 몸살을 하다 어느 날 문득 글이 되어 나랑 함께 기뻐하는 아이……. <예쁘지 않은 꽃은 없다> 노래를 부를 적마다 언제나 '이쁘지 않은 아이는 없다'는 생각이 든다. 그래서 아이들과 끊임없이 모임을 만들고 일을 벌일 수 있었다. 그러면서 아이들에게 '고맙다'는 말을 할 기회는 없었던 것 같다. 이 자리를 빌려 한다.

우리 회원들, 이라고 말하고 싶지 않다. 사무적인 이 말은 전혀 우리 관계를 설명하지 못한다. 서점을 여는 순간부터 회원가입을 하게 하는 제도가 있었다. 소식지를 집으로 보내기 위함이고 소식지를 통해서 책방과 인연을 지속하게 하기 위함이었다. 사람들에게 10여 년간 가장 많이 들은 말이 "계속하실 거죠?"였다. 그러다 세 번째 공간에 와서야 그 질문이 사라졌다. 이제야 우리가 모든 걸 걸고 하는 게 보였는지 온전히 믿어줬다. 그리고 "어떻게 계속할 수 있어요?"로 질문이 바뀌었다. 그건 믿음 반, 의심 반으로 자꾸 와서 여길 지켜준 분들 덕이다. 우리가 하는 유·무료 기획행사들에 참여하고, 도서정가제가 갈팡질팡하고 온라인서점 이 각종 서비스를 제공할 때도 여길 찾아준 덕분이다.

　오랫동안 도서정가제를 고집하며 쿠폰제만 실시해 회원들께 빚을 진 기분이었다가, 2014년 불완전하나마 도서정가제가 시행되어 현행대로 10퍼센트 할인으로 책을 판매하고 있다. 여전히 무료배송, 적립, 사은품 등을 제공하는 온라인 책방과 경쟁이 안 되지만 문화공간으로 <책과아이들>을 지키려는 뜻 있는 소비에 참여하는 분들이 많다.

　이 글의 분량이 정해져 있는데 아직도 고마움이 끝이 없다. 언젠가 페이스북에서 한 해를 결산하며 내가 가장 많이 쓰는 단어는 '함께'라고 알려줬다. 책방에서 함께 뭔가 하자는 글이 가장 많았나 보다. 하지만 내가 2019년 병을 얻은 이후를 빅 데이터 가 결산한다면 다를 거다. 아마도 '고맙습니다'일 것 같다. 매일매일 '고맙습니다' '감사~' 하고 적을 일이 내 페이지에도 댓글에서 도 끊이지 않았으니 말이다. 그러자면 이 글은 약속된 분량의 몇 배가 될 터이니 다음 단락으로 넘어가지 않게 한 단락에 다 써봐야겠다. 아니면 한 문장에!

쥐꼬리 월급으로 책방의 대소사를 자기 일처럼 맡아준 샘들,

어디선가 나타나 일정 기간 입소문을 내며 지인과 일을 끌어다주는 홍보부장들,

어설픈 기획과 초대에도 기꺼이 와주셨던 정말 많은 작가님들, '유붕자원방래 불역열호'有朋自遠方來 不亦樂乎라는 말을 피부로 실감하게끔 어디선가 같은 뜻을 품고 오랜 세월 일하다 어느 날 문득 만났을 때, 말없이도 고개를 끄덕이고 서로 등을 토닥일 수 있었던 분들, 얼마나 힘이 되던지⋯⋯. 비틀거리는 나를 일으키곤 했었다.

아, 역시 한 문장은 무리다! 조금만 더.

늘 바쁜 엄마, 아빠 옆에서 책방 일을 도우며 제 일을 해야 했던 기영, 성근, 성빈, 예영아, 그동안 애썼다! 늘 나를 믿어주고 존중해주고, 내가 돌봄을 받는다고 느낄 수 있게 해준 남편, 그리고 엄마, 미안해요!

말로 흩어져버릴 이야기를 글이 되게 한 이화숙 선생에게 이번 책의 공을 다 돌려야 한다. 십수 년 전부터 책방 이야기든 당신의 이야기든 써보란 제안을 여러 번 받았으나 시도를 못 하던

차, 어느 날 녹음기를 들이대기 시작했다. 질문에 적절한 대답보다 마냥 떠오른 이야기나 한풀이를 늘어놔도 묵묵히 다 들어주고, 그 많은 녹취를 풀어 4부로 갈무리해 이야기의 맥락을 잡아주었다. 저자 이화숙 선생, 카프카의 밤 계선이 대표, 빨간집 출판사 배은희 대표의 수고로움과 선한 열정 덕에 이렇게 또 한 권의 선물을 얻는다.

고맙습니다.

〈책과아이들〉 동무들이
독자에게 보내는 글

*

창밖 겨울 공기가 냉랭하고 맑다. 작업실 창으로 한겨울 낮 햇살이 따사로이 들어온다. 설날이 다가오고 곧이어 입춘이 지나면 마당의 실구나무 가지에서부터 봄기운이 돌 것이다. 작년 늦가을 낙엽이 질 때부터 이미 나뭇가지는 작은 잎망울과 꽃망울을 가지에 돋우고, 매년 그래왔듯 매서운 추위를 견디며 봄을 기다린다.

며칠 전, 햇살에 실려 온 〈책과아이들〉 이야기는 마치 봄을 기다리는 나무 같았다. 굵은 나무 기둥 잔가지들 가득, 꽃과 열매를 떨군 자리에 새로 돋아난 잎망울 꽃망울만큼이나 사연이 가득했다. 이메일로 보내온 원고를 읽는 내내 강정아 선생님이 내 곁에 앉아 조곤조곤 이야기를 들려주는 듯했다. 창가에 나란히 따뜻한 햇살을 등지고 앉아 향기 가득한 꽃잎 차를 마신다. 한 해 잘 자라 영근 식물의 차향이 나직나직 부산말 높낮이를 따라 작업실을 맴돈다.

강 선생님의 이야기에 내 기억이 겹쳐졌다. 결혼해 아이 낳고, 새로운 일을 찾아 무진 애를 쓰던 1994년의 일들. 당시 우리는 서로 알지 못했지만,

같이 수원에 살면서 서로 다른 인연으로 서울의 〈초방〉을 오갔다. 그는 수원에서 〈잠잠이 책사랑방〉을 열었고, 동화 읽는 어른 모임 '해님달님'과도 인연을 맺었다. 내가 그림책을 하나하나 어렵게 쓰고 그려오는 사이, 그는 어린이 문학을 사랑하고 그림책 문화를 만들어 내는 길을 나란히 걸었다. 어린이 문학의 정신을 찾아 뜻을 세우고, 어린이와 청소년 책문화 프로그램을 만들고, 이웃과 함께 공부하며 실천해온 그의 삶은 알게 모르게 나에게도 영향을 주었을 것이다.

우리가 처음 만난 것은 2016년 평심 갤러리에서 『나무 도장』 원화 전시회를 할 때였다. 그때 〈책과아이들〉 마당을 처음 들어서면서 책방 문 앞의 커다란 동백나무를 보고는, 그가 이 나무를 아끼는 사람이란 게 좋았다. 잘 준비한 낭독 공연, 테라스 문을 열어서까지 꽉 채웠던 독자들의 열기는 아직도 내 마음을 훈훈하게 한다.

저녁나절 서쪽 창으로 짧은 해가 떨어지고 어둠이 내린다. 시간 가는 줄 모르고 이야기를 듣다가 이불 속까지 이야기를 끌고 들어왔다. 〈책과아이들〉 마당의 동백나무 꼭대기로 꿈길이 펼쳐진다. 그 길을 따라 강 선생님이 제철 과일과 맛있게 삶은 감자를 내오고, 마당에서 놀던 아이들이 테라스로 뛰어 올라온다. 청소년들의 즉흥 연주와 노래가 흥을 돋우더니, 무대에 선 한 무리의 가족이 책에서 얻은 지혜를 관객과 나눈다. 책과 아이들, 책 속의 주인공과 작가, 책방 회원과 동네 이웃들이 각자 삶의 한 자락을 이곳에 담근다. 지난 25년 동안, 아이들이 좋아하는 책을 고르고 아이들이 기뻐하는 일을 찾아온 〈책과아이들〉이 다시 새봄을 기다린다.

권윤덕 (그림책 작가)

*

보육시설 아이들에게 책 읽어주기 활동을 하면서 〈책과아이들〉을 만났다. 책방을 자원봉사자 교육 공간으로 이용하기도 했고, 아이들에게 자신의 책을 직접 사보는 경험을 주는 곳으로도 이용했다. 〈책과아이들〉의 참새 선생님으로 함께하는 동안 책방의 일을 거의 안다고 생각했다. 하지만 책방은 내가 생각했던 것보다 훨씬 더 뿌리가 깊고, 훨씬 더 입체적이며, 훨씬 더 역동적이었다. 그 모든 일의 중심에 조약돌처럼 단단한 잠잠이 선생님이 있었다. 이 책은 내 삶의 교재 중 한 권으로 추가될 것이다.

김정애 (동화작가)

*

"〈책과아이들〉에 가 보셨나요? 부산에 가시면 꼭 들러보세요. 저는 우리 아이들과 어른들이 함께 행복한 삶을 살기 위해서는 부산의 〈책과아이들〉같이 좋은 책을 바탕으로 문화예술을 함께 만들고 즐기는 복합문화공간이 동네마다 있다면 참 좋겠다고 생각합니다. 한동네에서 그런 공간 하나씩은 유지하고 가꿔나갈 수 있는 세상이 되면 좋겠습니다."

어린이 문화 운동이나 교육과 관련한 강의를 하러 가면 자주 하는 말입니다. 실제로 가보는 사람이 얼마나 있을지 모르지만 이런 공간을 만들어 이렇게 사는 분들도 있다는 것을 알리고 싶은 마음 때문입니다. 그런데 이제는 이런 말을 하지 않아도 되겠다 싶습니다. 대신 이 책 한 권 들고 가서 이렇게 말하고 싶습니다.

"이 책을 읽어보셨나요? 꼭 한 번 읽어보세요. 얼굴과 마음이 참 많이 닮은 부부와 자녀들과 할머니들 이야기예요. 3대가 어떻게 〈책과아이들〉을 지켜왔는지, 많은 아이들과 시민들이 이곳에서 어떻게 함께 어울려 살아왔는지 자세히 볼 수 있답니다."

1980년, 제가 서울양서협동조합에서 어린이도서연구회를 시작한 이래 회원들이 만들어 내는 기적 같은 일을 많이 보았습니다. 그 기적 가운데 다른 어떤 기적과도 바꿀 수 없는 또 하나의 기적이 부산 〈책과아이들〉이라고 생각합니다.

잠잠이, 그렇습니다. 이 기적은 잠잠이라고 불리고 싶어 하는 한 사람으로부터 비롯되었습니다. 그 잔물결이 수많은 사람들 삶 속으로 소곤소곤 굽이굽이 퍼져나갔습니다. 이 책을 한 사람이라도 더 읽어서 그만큼 더 큰 물결이 되기를 바라며, 잠잠이가 또 하나의 기적을 만들기를 기원합니다.

이주영 (어린이문화연대 상임대표)

*

책방이 오래도록 유지되는 데는 반드시 그럴 만한 이유가 있다. 특히 부부가 함께 운영하는 책방은 반드시 오래 가고 흥한다. 이 말은 책방 운영하는 사람들 사이에 정설로 전해진다. 그런데 〈책과아이들〉의 창업부터 현재까지 과정을 알게 되면 여기에 한 가지 더 붙게 된다. 책을 좋아하는 것 이상의 '진정성'이다.

육아로 인한 심신의 피로감에 지쳐 하루 몇 시간 가출하여 간 곳이 도서관, 거기서부터 시작된 기나긴 여정이 햇수로 25년을 넘긴 강정아 대표님, 그 고된 책방의 길을 마다하지 않고 기꺼이 함께 걸어간 김영수 대표님, 결코 두 분을 따로 놓고 얘기할 수는 없을 것이다. 마찬가지로 〈책과아이들〉과 부산의 책방, 그 너머 우리나라 동네책방 또한 떼놓고 말할 수 없다.

처음 책방 문을 열 때부터 많은 어려움을 안고 출발했지만 그 후의 과정 또한 어떤 드라마보다도 더 깊은 우여곡절을 품고 있다. 12평 아파트 상가에서 시작한 책방이 다목적홀과 전시장까지 갖춘 지금의 건물에 자리잡았다는 것, 그리고 책방을 드나드는 수많은 사람들과 함께 전시와 공연, 모임, 정기 간행물 발행, 독서 프로그램 운영 등을 끊임없이 해왔다는 것에 실로 경탄할 수밖에 없다. 연어가 태어난 곳을 다시 찾아오듯, 〈책과아이들〉에서 책을 품고 자란 친구들이 청년으로 어른으로 성장하여 돌아오는 곳, 여기가 바로 사람들이 그리워하는 '책방'이라는 곳이다.

책방은 책만으로 존재하기 어렵다. 거기에 사람들이 있어야 하고 온기를 품고 있어야 머물 수 있다. 이 책방은 어쩌면 우리가 그토록 꿈꾸는 판타지를 현실처럼 만들어가는 마법 같은 곳일지 모른다. 〈책과아이들〉을 알고 지내는 사람들이 마냥 부럽고 좋다. 그들이 이 소중한 곳을 지켜냈듯 이제는 우리 모두가 이곳을 지켜가야 할 이유가 있다. 모두 서로 다른 길을 걸어가지만 마지막 도착지는 바로 여기, 〈책과아이들〉이기를 기원한다.

정병규 (전국동네책방네트워크 회장, 헤이리 동화나라 대표)

*

운 좋게 내가 일하는 신문사는 〈책과아이들〉 바로 곁에 있다. 1995년 내가 입사했을 때, 그곳은 식당 자리였던 것으로 기억한다. 2001년 그곳이 〈책과아이들〉로 바뀌었다. 그때 받은 '공간의 충격'은 잊히지 않는다. 작은 문화공간이 식당과 복사집 사이에 들어서면서 그곳은 문화와 예술과 인문을 함초롬 머금은 공간으로 바뀌었고 주위에도 영향을 끼쳤다.

2009년 〈책과아이들〉이 지금 장소 그러니까 풀 나무가 자라는 뜰이 있는 더 큰 근처 건물로 옮겼을 때, '어떻게 이런 일이 가능하지?' 싶으면서도 함께 기뻐했다. 이 책에 어떻게 그런 일이 가능했는지 자세히 나와 있다. 그 '어떻게'의 내용은 경이롭고 정말로 재미있고 가슴 뭉클하고 무릎을 탁 치게 하고 고마운데, 어쩐지 조금 애달프고 마음이 쓰이고 미안하다.

2022년 나의 기자 생활은 27년째로 접어들었는데, 그 가운데 10년을 빼면 줄곧 온통 지역문화 현장을 취재했다. '우리 곁 작은 문화·예술·인문 공간'이 우리를 더 잘 살게 도와주는 문화의 실개천·실핏줄·버팀목이란 생각은 더욱 진해진다. 내게 그중에 으뜸은 〈책과아이들〉이다.

'우리 곁 작은 문화·예술·인문 공간'이 겪을 수밖에 없는 어려움도 이 책에서 느낄 수 있다. 그때 함께하지 못해 마음이 쓰이고 미안하다. 내가 토론 자리에 가면 곧잘 하는 말이 있다. "〈책과아이들〉은 부산시 문화상 같은 걸 열 개쯤은 받아야 해요!" 이 말을 했을 때 강정아·김영수 대표의 대답은 이랬다. "고맙습니다. 그런데 그런 상도 있어요?" 내 이럴 줄 알았다. 이 가족에겐 동심이 있다. 사심이 없다. 사심이. **조봉권** 《국제신문》 기획에디터)

*

레오 리오니의 『프레드릭』을 만난 순간이 있었다. 이 이야기를 시작하려면 1993년 여름으로 거슬러 올라가야 한다. 남편의 발령으로 수원에서의 삶이 시작되었다. 온통 낯선 공간과 어디에도 속하지 못한 불안한 그때의 내가 있었다.

우연히 들른 어린이 전문서점 〈꿈의 나라〉에서 처음 강정아를 만났다. 동갑내기 엄마였던 우린 어린이책을 중심으로 바로 의기투합해 수원 동화 읽는 어른 모임 '해님달님'을 만들고 활동에 들어갔다. 동화에 조예가 깊었던 심혜선이 회장을 맡고, 그림책 분야는 강정아가 주축이 되어 공부 모임을 시작하였다. 그 이후로도 내내 〈꿈의 나라〉 책방은 우리들 활동의 단단한 구심점이 되어 주었다.

그때 〈꿈의 나라〉는 우리들이 외롭고 답답한 순간 기댈 수 있는 유일한 공간이었으며, 수많은 사람과 인연으로 얽혀 서로의 기댐으로 살아간다는 것을 알게 해준 소중한 곳이었다. 아마 우린 그때 자신들을 증명하고 놀 신나는 세상을 만들고 있었는지도 모른다.

강정아가 부산으로 이주하고 책방 〈책과아이들〉을 열었다는 이야기를 들었다. 참 강정아다운 선택이었다. 풀씨는 바위 위에 떨어져도 거기에 뿌리를 내리지 않으면 안된다. 풀처럼 유연하게 자신의 자리에서 성장해 나가면 된다. 자신이 가고자 하는 길을 찾고 그걸 또 스스럼없이 행동하고 드러내고 보여주는 한결같은 사람이다. 일상의 진실한 가치관과 행동이 쌓여서 주변에 전해지고 있다. 그래서 그녀는 자신의 삶에 대해 당당하다. 유연하게 상황을 풀어가는 모습에서 그 속을 받치는 단단한 중심을 느낄 수 있다.

〈책과아이들〉은 단순히 책을 파는 서점을 넘어 모든 곳에 열려 있는 동네 책방이다. 아이들이, 어른들이 어린이 문학을 즐기고 어린이 문학정신을 지켜나가는 책방. 책을 통해 아이들이 자라고 삶의 교류가 이루어지는 곳이다. 속도와 이익과 효율성이 전부가 아닌 세상이 있음을 우리 아이들에게 들려주는 신성한 공간이다.

책방에 기대어 자란 아이들에게 〈책과아이들〉은 고향이다 '밖으로 다녀보니 이런 데가 없더라.'라고 말하는 것을 인터뷰에서 보았다. 좋은 책을 함께 읽고 나누며 좋은 삶을 위한 가치와 이념을 공유하는 곳, 많은 만남과 교류를 통해 제각각 다양한 것들이 모여 재밌는 그림이 완성되어가는 것을 보면서 늘 그 곳이 여전하기를 바란다.

삶과 꿈, 이웃과 세상의 이야기, 나와 가족
어서 봄이 와
새와 꽃이 가득한 마당으로 달려 나가길
우주가 그대를 위해 문을 열어 줄 것을 믿고 있으니까

최서영 (출판사 더페이퍼 대표, 골목잡지 《사이다 편집장》)

*

〈책과아이들〉 마당에는 커다란 동백나무 한 그루가 있다. 사철 푸르른 잎을 드리운 가지는 이른 겨울부터 늦은 봄까지 붉은 꽃을 끝없이 피우고, 아기 주먹보다 작은 동박새, 참새, 박새 등이 하루 종일 날아들어 꿀을 먹기도 하고 재잘대며 놀다 가기도 한다. 그 동백나무를 볼 때마다 나무도 집주인을 닮는구나 싶었다.

처음 그녀를 만났던 날을 꼽아보니 벌써 26년 전 일이지만 어제 일처럼 또렷이 떠오른다. 등에 어린 아기를 업고 너댓 살쯤 되어 보이는 큰 아이는 걸려 우리가 공부하고 있는 모임을 찾아왔던 그녀. 수원에서 살다 남편의 직장을 따라 부산으로 왔는데 어린이책 공부모임을 수소문해 찾아온 것이었다. 우리는 부산 동화 읽는 어른 모임 '얼레와 연'을 만들고 그림책 원화전시, 좋은 어린이책 전시와 강연 등 여러 가지 행사를 함께했다. 내가 기억하는 그녀는 좋은 어린이책에 대한 정보가 풍부했고 자기 생각을 조근조근 잘 설명하는 사람이었다. 그리고 항상 문제의 본질을 명확하게 짚어내곤 했다.

어린이와 책에 대한 그녀의 열정을 알고 있긴 했지만 어린이책 전문서점을 열었을 때 나는 좀 걱정스러웠다. 내로라하는 대형서점도 줄줄이 문을 닫고, 사람들은 바쁘며, 재미난 볼거리가 넘치는 세상 아닌가. 저 작은 서점이 살아남아야 할 텐데. 책방 행사와 강연에 사람들은 좀 모이는지? 그런 내 기우를 가볍게 넘어서 그녀는 〈책과아이들〉과 함께 부산의 어린이 문화판에서 튼실한 나무로 굳건히 자리를 잡았다.

책을 읽으며 그녀가 걸어온 한 걸음, 걸음이 참 그녀답다는 생각이 새삼 들었다. 마당에 서 있는 동백나무처럼 마을과 지역사회에 굳건하게 뿌리내린

〈책과아이들〉! 이제 〈책과아이들〉은 마을과 지역사회를 넘어 우리나라의 작은 책방과 어린이 문화에 훌륭한 본보기로도 우뚝하다. 그녀가 걸어온 그 길이 어린이 문학을 즐기고 어린이 문학정신을 지키려는 많은 사람들에게 든든한 좌표가 되어줄 것임을 굳게 믿는다.

한정기 (동화 작가)

〈책과아이들〉이 걸어온 길

1995.05.　　　〈잠잠이 책사랑방〉 개소

1997.12.27.　어린이전문서점 〈책과아이들〉 개소(양정)

1998.03.　　　소식지 첫 발간(2018년 210호까지 발행)

　　　　　　　　〈회원의 날〉 시작(2013년 만남잔치로 전환)

1998.04.　　　〈부모 모임〉 1기 시작

1999.03.　　　〈할머니가 들려주는 옛이야기〉 시작

2001.03.20.　부산교대 앞으로 이전

2001.09.20.　〈아기회원의 날〉 시작

2002.02.　　　〈한 반 나들이〉 시작

2003.01.　　　〈책사랑방〉, 〈회원의 날〉, 〈한 반 나들이〉를 위해 2층 공간 확보

2003.03.　　　〈그림책 교실〉 시작

2006.07.　　　독서 모임을 위한 3층 공간 확보

2009.09.01.　현재의 위치로 이전

2011.08.20.　〈독서캠프 1박 2일〉 시작

2012.08.　　　〈청소년, 가족과 함께 인문학을 읽다〉 시작

2012.10.15.　평심 갤러리 개소

2013.01.05.　〈겨울방학 세이레 책읽기〉 프로그램 시작

2013.03.　　　비영리단체 '평심마을문화원' 설립

2013.05.04.　〈만남잔치〉 시작

2014.02.　　　생활연극팀 첫 모집 시작

2021.03.　　　〈퍼커션 연주와 함께 듣는 그림책 교실〉 시작

다음카페	https://cafe.daum.net/bookandkid
인스타그램	@booknkid
페이스북	https://www.facebook.com/bookandkid
네이버블로그	https://blog.naver.com/kidsandbook
주소	부산광역시 연제구 교대로16번길 20
전화번호	051-506-1448

서점은 내가 할게

〈책과아이들〉 25년의 기록

초판 1쇄 발행 | 2022년 1월 31일
2쇄 발행 | 2022년 7월 25일

지 은 이   강정아, 이화숙
펴 낸 이   배은희
펴 낸 곳   빨간집
편   집   계선이, 박지영
디 자 인   이노그램디자인
일러스트   김예영
전   화   070-7309-1947
이 메 일   rhousebooks@gmail.com
I S B N   979-11-969056-9-9(03810)

※ 이 도서는 한국출판문화산업진흥원의 '2021년 출판콘텐츠 창작 지원 사업'의 일환으로
   국민체육진흥기금을 지원받아 제작되었습니다.